COMEDIAS BÁRBARAS
I
CARA DE PLATA

LITERATURA

ESPASA CALPE

RAMÓN DEL VALLE-INCLÁN

COMEDIAS BÁRBARAS

I

CARA DE PLATA

Edición
Ricardo Doménech

COLECCIÓN AUSTRAL

ESPASA CALPE

Primera edición: 10-XII-19[illegible]6
Décima edición: 30-XI-1995

—

Depósito legal: M. 32.262-1995

ISBN: 84-239-7342-5

Esta edición sigue el texto de la última publicada por el autor, Madrid, Imprenta Cervantina, 1923

Impreso en España/Printed in Spain
Impresión: Gaez, S. A.

Editorial Espasa Calpe, S. A.
Carretera de Irún, km. 12,200. 28049 Madrid

ÍNDICE

INTRODUCCIÓN

FORTUNA DE LAS «COMEDIAS BÁRBARAS»

Comedias Bárbaras: qué formidable aventura estética se enuncia con ese título. Qué lenguaje tan maravilloso por su riqueza, por su diversidad, por estar tan bien forjado. Cuánta imaginación y, a la vez, cuánta verdad humana y social hay en su trama, en sus personajes. Qué espléndida «cosecha» de tradiciones mágicas y populares; y, a través de ellas, qué aguda intuición para captar el misterio, la transrealidad...

Aparecieron en el orden en que fueron escritas: un orden bastante raro. *Águila de Blasón* se publicó en 1907; *Romance de Lobos,* en 1908, y CARA DE PLATA en 1923 (1922, en revista). Pero se da la circunstancia de que, según el desarrollo cronológico de la acción, es CARA DE PLATA la que debe ir en primer lugar. Y así lo dejó establecido Valle-Inclán en la ordenación de su *Opera Omnia,* donde las tres obras aparecen situadas consecutivamente, en los volúmenes XIII, XIV y XV.

Dejando para después la consideración del problema que se esconde tras estos sencillos datos, invito al lector a que reparemos en las siguientes palabras de Luis Cernuda en 1963; refiriéndose a las *Comedias Bárbaras* y a *Divinas Palabras*, escribió Cernuda:

> Lo que resulta innegable es cómo Valle-Inclán, con las cuatro admirables obras citadas, dota al teatro español, tan flaco y débil, de una dimensión trágica que antes no tuvo [1].

Fueron muy pocos, en vida de Ramón del Valle-Inclán y aun mucho más tarde, quienes lo entendieron así. Entre las excepciones, no hay que olvidar a Juan Ramón Jiménez, que con buen criterio situaba las *Comedias Bárbaras* y *Divinas Palabras* en el mismo campo que el teatro simbolista irlandés (Yeats, Synge, etc.) [2]. La presunta falta de teatralidad, grave anatema del que fue víctima todo el teatro valleinclaniano, cayó con especial virulencia sobre las *Comedias Bárbaras*. Tan es así que, con excepción de un estreno aislado de *Águila de Blasón* en Barcelona, en 1907 [3], no subieron a un escenario hasta mediada la década del sesenta. A la vez, catalogadas como novelas dialogadas, fueron estimadas en tanto que tales. Hace unos años recordaba yo [4] lo significativo que era el que Eugenio García de Nora —todavía en 1957— se sintiera obligado a estudiarlas en *La novela española contemporánea,* bien que matizando lo equívoco de su catalogación genérica, y subrayando su fundamental dramatismo.

A finales de la década del cincuenta y comienzos de la del sesenta, se empieza a notar un movimiento de aten-

---

1 Luis Cernuda, «Valle-Inclán», en *Poesía y Literatura,* vol. II, Barcelona, Seix-Barral, 1965, pág. 244.

2 Cfr. «Valle-Inclán visto por Juan Ramón Jiménez. Castillo de quema.»

3 Véase L. Iglesias Feijoo (1991).

4 «El espacio escénico en las *Comedias Bárbaras*», pág. 158.

ción hacia Valle-Inclán por parte de los teatros universitarios *(Los Cuernos de Don Friolera,* por el TEU de Madrid; *Águila de Blasón,* por el TEU de Derecho de Madrid; *Galas del Difunto* y *La Hija del Capitán,* por el TEU de Zaragoza, etc.) e incluso por parte del teatro profesional (montaje de *Divinas Palabras,* por José Tamayo, en 1961). *Divinas Palabras* será presentada también por el Teatro de la Universidad de México en el Primer Festival Internacional de Nancy, en 1964, consiguiendo con su espectáculo el primer premio del certamen. Pero es ya al filo del centenario, en 1966, cuando se produce entre los profesionales un claro interés por los textos dramáticos de nuestro autor. De este modo, subirán a los escenarios títulos que hasta entonces habían permanecido muy lejos de ellos. Ciñéndonos a las *Comedias Bárbaras,* recordaré los estrenos en Madrid de *Águila de Blasón* en 1966, de CARA DE PLATA en 1968 y de *Romance de Lobos* en 1970. El de CARA DE PLATA se ofreció en el Teatro Beatriz (Nacional de Cámara y Ensayo), el 27 de marzo, bajo la dirección de José María Loperena, siendo principales intérpretes Luis Prendes, Vicente Parra, Silvia Tortosa y Manuel Durán.

Viniendo ya a fechas cercanas, hay que señalar dos montajes que se producen en el mismo año, los cuales coinciden asimismo en presentar la trilogía completa y no alguna de sus obras, aislada. Tales montajes son:

1.º El dirigido por José Carlos Plaza, con dramaturgia de Vicente Molina Foix, vestuario de Pedro Moreno y música de Mariano Díaz, en el Teatro María Guerrero (Centro Dramático Nacional), el 8 de mayo de 1991. Principales intérpretes: José Luis Pellicena, Berta Riaza, José Pedro Carrión, Amparo Pascual y Toni Cantó.

2.º El dirigido por Jorge Lavelli, versión francesa de Armando Llamas, escenografía de Graciela Galán y música de Carmelo Bernaola, en el Patio de Honor del Palacio de los Papas en el Festival de Aviñón, el 9 de julio de 1991, y posteriormente en el Teatro de la Colina de París y en el Festival de Tardor de Barcelona. Principales intérpretes: Michel Aumont, María Casares, Isabelle Karajan y Jean Quentin Chatelain.

José Carlos Plaza, en un espectáculo de seis horas y cuarenta y cinco minutos de duración, con una sucesión de sesenta y un espacios —de los sesenta y tres posibles del texto—, se valió de muy diferentes géneros y recursos teatrales, de acuerdo con su concepción de la trilogía —expuesta en el programa de mano— que le llevaba a hacer «una llamarada de vida con CARA DE PLATA, un río profundo de pasiones encontradas con *Águila de Blasón* y casi una ópera con *Romance de Lobos*». Desigual en conjunto, este montaje de las *Comedias Bárbaras* encontró algunas reservas en la crítica, pero fue muy bien acogido por el público, que lo convirtió en el principal éxito de aquella temporada.

Jorge Lavelli, que ya había representado en una ocasión un drama de Valle-Inclán *(Divinas Palabras,* en Buenos Aires, en 1964), estuvo trabajando con el traductor y adaptador casi cinco años. «Valle-Inclán —explicó a este propósito Lavelli— ha creado un estilo teatral original, que tiene algo del grotesco y al mismo tiempo del expresionismo (pero no del expresionismo alemán) mezclando lo trágico con lo cómico» [5]. El espectáculo desconcertó al público del estreno —en su mayoría, procedente de invitaciones oficiales—, pero en París y en Barcelona obtuvo una acogida muy favorable.

---

[5] Didier Méreuze, «Jorge Lavelli: El teatro de Valle-Inclán engloba al hombre en su totalidad», *El Público,* núm. 84, septiembre-octubre de 1991, pág. 13. Véase la traducción de Armando Llamas en París, Editions Actes Sud-Papiers, 1991.

La crítica especializada ha dedicado siempre una particular atención a las *Comedias Bárbaras.* Cuatro son los libros consagrados, íntegramente, a su estudio: los de Matilla Rivas (1972), Joaquina Canoa (1977), María del Carmen Porrúa (1983) y Lourdes Ramos-Kuethe (1985). Y claro es que hay que tener muy en cuenta algunos artículos y determinados capítulos de libros de tema más amplio. El tipo de sociedad que se refleja en la literatura valleinclaniana, una sociedad arcaica y estamental, ha sido motivo de análisis para Maravall (1966), García Pelayo (1966) y Gómez Marín (1967), con constantes referencias a las *Comedias Bárbaras.* Y constituye el núcleo más interesante del libro de María del Carmen Porrúa. Afronta también esta cuestión Matilla Rivas, viendo la trilogía como fiel testimonio de la sociedad gallega finisecular, y a Don Juan Manuel Montenegro, el protagonista, como último representante del mundo feudal galaico, idea que comparten Obdulia Guerrero (1966) y otros muchos. Lavaud (1992) ha investigado con rigor la génesis de *Águila de Blasón* y de *Romance de Lobos.*

Por lo demás, la presencia de Galicia en Valle, y en aspectos tan diversos como la formación del escritor, el lenguaje, el folclor, etc., ha suscitado innumerables trabajos. Merecen recordarse los de Fernández del Riego (seud. Salvador Lorenzana (1966), Castelao (1971), Sánchez Barbudo (1940), Tenreiro (1923) y Vega (1959), como también el tratamiento que de ellos se ofrece en estudio de planteamiento más general: los de Díaz-Plaja (1965), González López (1967), Antonio Risco (1977) y Eva Llorens. Los modelos reales de la singular toponimia valleinclaniana han sido rastreados, de manera minuciosa, por William Smither (1986). De notable utilidad son algunos trabajos sobre el lenguaje: los de Amor y Vázquez (1958), Benítez Claros (1953) y Martínez Torner (1953), a los que hay que sumar los de Joaquina Canoa y Ruiz Fernández (1981). Como estudios folclóricos debemos mencionar los de Rosa Seelman (1935) y Rita Posse (1966); y, en una perspectiva que va más allá del folclor, pero que engloba éste en el plano de la tradición ocultista, el importante libro de Speratti-Piñero (1974).

Críticos como Borel (1966), Umpierre (1972 y 1973) y Risco (1977), desde diferentes ángulos, han profundizado en la extraordinaria figura de Don Juan Manuel Montenegro. En un artículo muy difundido, Alberich (1969) sostiene que CARA DE PLATA rompe la unidad de la trilogía. Con Alberich coincide Greenfield (1968 y 1972), que la ve como una versión esperpéntica de las *Comedias Bárbaras.* Matilla Rivas, en cambio, afirma enérgicamente esa unidad, tanto en lo temático como en lo estilístico.

EL MUNDO DE LAS «COMEDIAS BÁRBARAS»

En la literatura de Valle-Inclán encontramos, frecuentemente, títulos que abarcan no sólo una obra de ficción —una novela, un drama—, sino unidades mayores, en forma de trilogía o de tetralogía. Recordemos las *Sonatas, La Guerra Carlista, Martes de Carnaval,* la incompleta trilogía *El Ruedo Ibérico...* Entre estos *conjuntos* se sitúa —y ocupa un lugar relevante— la trilogía *Comedias Bárbaras.* Éstas, de otro lado, deben relacionarse con la serie de creaciones —dramáticas o narrativas— que tienen en Galicia, además de un ámbito donde se sitúa la acción, una metáfora en la que cristalizan significaciones múltiples. Por ejemplo, piénsese en un libro de cuentos como *Jardín Umbrío,* en una novela como *Flor de Santidad,* en obras de teatro como *El Embrujado* y *Divinas Palabras...* Se trata de una Galicia arcaica, semifeudal; una

Galicia que Valle-Inclán todavía pudo conocer de niño, según sus propias palabras:

> He asistido al cambio de una sociedad de castas... y lo que vi no lo verá nadie. Soy el historiador de un mundo que acabó conmigo. Ya nadie volverá a ver vinculeros y mayorazgos. Y en este mundo que yo presento de clérigos, mendigos, escribanos, putas y alcahuetas, lo mejor —con todos sus vicios— eran los hidalgos, lo desaparecido [6].

Este es el mundo galaico y arcaico que van a recrear las *Comedias Bárbaras,* centrándose en la historia de una familia —en la decadencia de una familia— y tomando como protagonista a uno de esos antiguos hidalgos: Don Juan Manuel Montenegro; personaje al que también hallamos, de manera muy destacada, en el cuento «Rosarito», y, como figura secundaria —aunque en un dibujo de vigorosos trazos—, en la *Sonata de Otoño* y en *La Guerra Carlista* [7].

La acotación referente a la primera aparición de Don Juan Manuel en CARA DE PLATA resulta muy sugestiva, muy significativa, y aún más por la circunstancia de que sea igual que la de su primera aparición en *Águila de Blasón.* En CARA DE PLATA, vemos a Don Juan Manuel con su escopeta, rodeado de sus perros de caza, y se nos dice

---

6 Texto recogido por Rivas Cherif y citado por Matilla Rivas (1972), pág. 65.

7 Se ha buscado el modelo en que se debió de inspirar Valle-Inclán para su Don Juan Manuel Montenegro. Algunos comentaristas, por ejemplo, apuntan a dos antepasados del escritor: su tío abuelo, Montenegro Saco de Andrade, y su abuelo paterno, Carlos Luis del Valle. Pero estas especulaciones no han ayudado mucho en la comprensión del personaje. Es éste, por sí mismo, como tal personaje literario, el que ha de descubrirnos todos sus secretos.

que es «un hidalgo mujeriego y despótico, hospitalario y violento, rey suevo en su pazo de Lantañón». En *Águila de Blasón,* donde también lo encontramos con perros y escopeta de caza, leemos:

> Es uno de esos hidalgos mujeriegos y despóticos, hospitalarios y violentos, que se conservan como retratos antiguos en las villas silenciosas y muertas, las villas que evocan con sus nombres feudales un herrumbroso son de armaduras (I, 2.ª).

María del Carmen Porrúa, en su caracterización social de Don Juan Manuel, nos dirá:

> No pertenece a la gran aristocracia absentista sino a la pequeña aristocracia rural. Está empobrecido por los cambios económicos, por la desamortización y por las guerras. Soporta el peso de ser el «último caballero de su sangre» y los valores de su estirpe con él se acaban [8].

De las conflictivas relaciones de Don Juan Manuel con el entorno familiar y social nace el conflicto de las *Comedias Bárbaras.* En el entorno familiar, son personajes fundamentales Doña María de la Soledad Ponte de Andrade, esposa de Don Juan Manuel; Sabelita, ahijada y después barragana del Mayorazgo, y los hijos: Don Miguelito (a quien llaman Cara de Plata), Don Pedrito, Don Rosendo, Don Mauro, Don Gonzalito y Don Farruquiño. Víctima del vivir desordenado del esposo, resignada en su propio mundo de ingenua religiosidad, Doña María determinará con su muerte un cambio radical en Don Juan Manuel. El arrepentimiento hará de él otro hombre, y esta

---

8 María del Carmen Porrúa (1983), pág. 95.

transformación o purificación tendrá, asimismo, una correspondencia en el plano social. Víctima es también Sabelita, y, además, motivo de enfrentamiento de Don Juan Manuel con Cara de Plata: el único hijo que da pruebas de cariño y respeto por el padre, el único en quien reconocemos una nobleza de sentimientos, una actitud humanamente digna. Porque los otros hijos —«lobos», los considera el padre— representan una cierta forma de degradación, de descomposición a la vez social y familiar; incluyendo en esto, y de un modo especial, al joven seminarista, Don Farruquiño. Muestras de esa degradación —y momentos culminantes en la acción dramática de la trilogía— son el saqueo del pazo de Flavia Longa, al que se entregan los hijos (excepto Cara de Plata) tras la muerte de Doña María, y los varios enfrentamientos violentos con el padre, que culminan en la escena última de *Romance de Lobos* con la muerte de Don Juan Manuel a manos de Don Mauro.

En el entorno social, las relaciones de Don Juan Manuel con los otros personajes nos dejan ver determinadas instituciones, normas, costumbres, que resumen bien esa Galicia del XIX, de la que Valle-Inclán llegó a ser testigo privilegiado. María del Carmen Porrúa ha examinado con detalle la silueta social de todos estos personajes, y ha destacado su conexión con dichas costumbres, instituciones, normas. El privilegio del derecho de paso (conflicto con el que se inicia la trilogía), la institución vincular del mayorazgo (Don Juan Manuel es un Mayorazgo o Vinculero), el sistema foral de arriendos, forma encubierta de los derechos de señorío (tal es la relación de Don Juan Manuel con Pedro Rey o con Ramiro de Bealo), el excepcional poder de la Iglesia (repárese en el Abad de Lantañón), además de los criados en situación de auténticos siervos (con absoluta solidaridad moral hacia el señor, como Micaela la Roja) y los mendigos itinerantes, sujetos a la caridad caprichosa del rico... Todo en las *Comedias Bárbaras* revela una sociedad preindustrial, precapitalista [9].

UN MAYORAZGO DESPÓTICO, UN ABAD ORGULLOSO, UN JOVEN ENAMORADO

Centrémonos ya en CARA DE PLATA. La primera escena nos presenta un grupo de chalanes y feriantes que van con sus ganados a la feria de Viana. Estos chalanes y feriantes desempeñan una clara función coral. A través de ellos nos enteramos de la prohibición del paso por Lantañón, de acuerdo con un fuero que ha reivindicado recientemente Don Juan Manuel Montenegro. El contratiempo despierta en estos personajes —Pedro Abuin, Sebastián de Xogas, el Viejo de Cures, etc.— insistentes denuestos contra Don Juan Manuel; algunas de sus frases amenazadoras encierran un valor premonitorio.

La contradicción entre esta iniciativa del Mayorazgo, que los jueces han avalado, y la vieja costumbre de hacer pasar los ganados por Lantañón, desencadenará, directa o indirectamente, toda la acción dramática posterior. Y se ha dicho alguna vez que, en el esquema global de CARA DE PLATA, y de la trilogía misma, este episodio adquiere una importancia desproporcionada. Pero debemos matizar en seguida que esa desproporción parece deliberada, ya que viene a sugerirnos que cualquier otro motivo podría haber sido igualmente catalizador, suscitando idéntico proceso, puesto que el verdadero conflicto dramático está en el alma de los personajes; sobre todo, en Don

---

9 Porrúa, *Op. cit.*, cap. I. Véase también Maravall (1966), Gómez Marín (1967) y García Pelayo (1966).

Juan Manuel: en éste, auténtica figura trágica, se cumple el antiguo precepto de que el carácter es el destino.

La prohibición de paso por Lantañón es la causa inmediata del enfrentamiento entre Don Juan Manuel y el Abad, pariente lejano de los Montenegro. Camino de Lugar de Condes, para dar los últimos sacramentos a un moribundo, el Abad quiere cruzar por el pazo, y Cara de Plata —siguiendo las instrucciones del padre— se lo impide, igual que se lo ha impedido a chalanes y feriantes (no a Pichona la Bisbisera y al grupo de aldeanas: un rasgo de generosidad espontánea, varonil). Tras hacer valer, inútilmente, su edad, su condición sacerdotal y el motivo de su viaje, el Abad le previene: «En Lantañón guardáis una paloma de mi palomar. ¡Tenlo presente!» Lo han herido en su orgullo, y el orgullo es la *pasión* que lo define como personaje dramático.

Al hablar de «una paloma de mi palomar», el Abad se refiere a Sabelita, sobrina suya y ahijada de Don Juan Manuel y Doña María. Sabelita vive en el pazo de Lantañón. Cara de Plata está enamorado de ella, y comprende el alcance de la amenaza, pero no cede. Y el Abad, tal como aquí ha anunciado, hará que Sabelita abandone Lantañón (I, 5.ª). Estamos ya ante el *duelo* que mantiene el Abad con Don Juan Manuel y con Cara de Plata. Con Cara de Plata, en la posterior disputa por una partida de naipes (II, 2.ª), una disputa que han provocado Don Mauro y los demás hermanos, y que Cara de Plata —por su amor a Sabelita— pretende zanjar, devolviendo al Abad las treinta onzas portuguesas que el tonsurado le había ganado en el juego (II, 3.ª). Por soberbia, el Abad rehúsa aceptarlas: se diría que, antes que una reconciliación, prefiere mantener el enfrentamiento con los Montenegro, es decir, con Don Juan Manuel. Momentos descollantes de ese enfrentamiento serán los siguientes episodios:

1.º Rapto de Sabelita por Don Juan Manuel (II, 4.ª).

2.º Irrupción del Abad en el pazo de Lantañón, tratando de rescatar a Sabelita (III, 1.ª).

3.º Invocación del Abad al Demonio, dispuesto a venderle su alma, con tal de que se condene la de Don Juan Manuel (III, 2.ª).

4.º Aparición del Abad en Lantañón, llevando los santos óleos —so pretexto de ir a confortar a un moribundo: Blas de Míguez, el sacristán, conchabado para el caso— y forzando así a Don Juan Manuel a una actitud sacrílega (III, esc. última).

Este antagonismo Abad-Don Juan Manuel representa, desde luego, el de dos individuos de acusada personalidad. «Son genios iguales mi hermano y el Mayorazgo», dice Doña Jeromita, y comenta el sacristán: «Pues ¡mismamente! A un fiero, otro fiero» (I, 5.ª). Pero nos revela también una perspectiva social: ambos personajes encarnan los dos mayores poderes de esta sociedad arcaica. Nótese que los chalanes y feriantes no se atreven a rebelarse solos, como pueblo, sino que acuden al Abad, buscando en él «la cabeza que nos acaudilla» (I, 4.ª). Sea por rechazo ideológico, sea por algún otro escrúpulo, el Abad se niega. Prefiere llevar a su propio terreno el *duelo* con Don Juan Manuel, como comprobaremos en la escena última. Gran personaje dramático, este del Abad. Da la sensación de que al autor, mientras escribía la obra, le fue creciendo entre las manos, desarrollándose según la propia lógica interna de personaje literario, más que en razón de un plan preestablecido. En las otras partes de la trilogía no reaparece. En *Águila de Blasón* se alude a su muerte (III, 5.ª), sin más datos; pero esa escueta noticia, después de lo visto en CARA DE PLATA, sirve para *cerrar* de una manera coherente, intensa, el dibujo del sacrílego Abad.

Sabelita tiene un papel muy destacado en CARA DE

PLATA y en *Águila de Blasón*. En CARA DE PLATA la vemos por primera vez así:

> Sobre el atrio de limoneros, la arcada de una solana, con escalera de piedra. Sabelita está en lo alto, de pechos de arambol, rubia de mieles, el cabello en dos trenzas, la frente bombeada y pulida, el hábito nazareno (I, 2.ª).

La muchacha parece intuir, oscuramente, su destino de víctima. «Yo soy para llorar muchas penas», le oímos exclamar al comienzo; y a Don Juan Manuel, lamentarse —entre otras intervenciones con el autor *prepara* la acción posterior— de que lleve los ojos bajos: «¡Maldita costumbre de monja, tenerlos siempre por tierra» (I, 2.ª). Sabelita, a pesar de ese halo triste y resignado de víctima propiciatoria —o quizá a causa de él— atrae poderosamente a Cara de Plata y a Don Juan Manuel Montenegro. Importa mucho que nos fijemos en cómo responden a esa atracción uno y otro personaje.

Cara de Plata, en su primera escena con Pichona la Bisbisera y el coro de Mujerucas (I, 2.ª), introduce un *leitmotiv* esencial en la obra, y en toda la trilogía: el impulso sexual. «¿Cuándo me lo das, Pichona?», pregunta Cara de Plata. Y poco después, dice a Sabelita: «Esta noche te deshago la cama.» Sin embargo, cuando encuentra sola a Sabelita en la iglesia de San Martiño de Freyres, y tras un nuevo rechazo de ella, Cara de Plata no insiste más, renuncia a violentar su modestia, su timidez esquiva... Justo lo contrario de lo que hará Don Juan Manuel, segundos más tarde: raptarla. Porque Don Juan Manuel no retrocede ante nada, no renuncia a ningún goce de este mundo. Hay otra diferencia: aunque Cara de Plata esté enamorado de Sabelita, ella no lo está de él; ella lo está —o llegará a estarlo— de Don Juan Manuel. Por eso, cuando Cara de Plata reprocha al padre el haberla raptado, diciendo: «¡Isabel es mía!», éste le replicará con razón: «¿Cuándo la enamoraste?» Ocurre esto en la última escena —magnífica—, en la que confluyen los dos hilos de la acción dramática: la rivalidad padre-hijo por el amor de Sabelita, y el enfrentamiento del Abad y el Mayorazgo. Don Juan Manuel doblega a los dos.

CARA DE PLATA se ajusta a una estricta unidad de tiempo: la acción corresponde a una «vuelta de sol», como diría Aristóteles. La primera acotación empieza así: «Alegres albores.» Las sucesivas escenas nos irán mostrando el avanzar del día según la situación del sol en el escenario. La escena 4.ª de la jornada II —esto es, el centro de la obra— empieza al atardecer y termina siendo ya de noche. Y de noche, con insistente presencia de la luna, se desarrolla la acción hasta el final. El espacio, por el contrario, es múltiple. Caminos y encrucijadas, el pazo de Lantañón (el atrio, una sala), la feria de Viana, el mesón de Ludovina, la iglesia de San Martiño de Freyres, la casa rectoral, la «burata» de Pichona en Cures... Esta variedad de escenarios conlleva, por de pronto, una extraordinaria riqueza y belleza visual.

SEGUNDA LECTURA. EL ESPACIO SIMBÓLICO

Cualquiera que sea el grado de aproximación de CARA DE PLATA a los *esperpentos*, las tres *Comedias Bárbaras* forman una unidad, no sólo temática, sino estilística. Con *El Embrujado* y las demás piezas del *Retablo de la Avaricia, la Lujuria y la Muerte,* y con *Divinas Palabras,* integran un ciclo dramático cuyo parentesco, cuyas afinidades son, asimismo, muy sobresalientes. Este ciclo, al que cuadra la denominación de *teatro mágico* o de *teatro mí-*

tico (en tanto que recreador de antiguos mitos) tiene, además de un escenario en cierto sentido único —Galicia, con su excepcional folclor—, un lenguaje literario común (a pesar de —repito— algunos matices diferenciadores que cabe destacar en CARA DE PLATA). Este lenguaje se adscribe a una estética simbolista (o modernista, si se prefiere) muy evolucionada, y aporta soluciones de gran originalidad dentro de lo que es el gran teatro simbolista europeo (Mallarmé, Maeterlinck, Synge, D'Annunzio...). Aportaciones, además de formales, también de contenido, en la línea de pensamiento de los simbolistas: su conciencia de la transrealidad y del misterio, de la soledad del individuo, su afán por reiterar las grandes preguntas sin respuesta.

Como en el análisis de toda obra simbolista o neosimbolista, en el de las *Comedias Bárbaras* pretendemos seguir un procedimiento que nos facilite su comprensión rigurosa: el de una *doble lectura;* procedimiento que ya hemos utilizado en ocasiones anteriores [10]. Según este, un drama simbolista nos ofrece la oportunidad de dos lecturas complementarias. La primera es una lectura de superficie: lo leemos *como si fuera un drama realista,* examinando la forma y el contenido de la acción, de los personajes, etc., y ello desde distintos ángulos: histórico, social, psicológico... La segunda lectura se refiere al ancho caudal de símbolos y emblemas que registra el lenguaje —tanto en los diálogos y monólogos como en las acotaciones—; imágenes todas ellas que se articulan ordenadamente, confiriendo a la historia dramática en cuestión una

---

[10] Véase «Valle-Inclán y García Lorca: una perspectiva del teatro español». Consúltese también nuestra edición de *Flor de Santidad* (Barcelona, Círculo de Lectores, 1991) y del *Retablo de la Avaricia, la Lujuria y la Muerte* (en esta Colección).

universalidad, una profundidad y un hálito poético que en la primera lectura no cabía percibir.

Cuanto llevamos escrito hasta aquí sobre las *Comedias Bárbaras* en general, y sobre CARA DE PLATA en particular, corresponde a la primera lectura (aunque no la agote, claro está). Adentrémonos ahora en la lectura del lenguaje simbólico de CARA DE PLATA.

Empezaremos por considerar el espacio escénico. Como idea básica, debemos recordar dos cosas. Primera: que en su teatro Valle-Inclán concede la mayor importancia al espacio escénico, a la capacidad generadora que éste tiene. «Es el escenario —afirmó una vez Valle-Inclán— el que crea la situación» [11]. Segunda: hay en toda la literatura valleinclaniana un profundo sentimiento mágico del espacio, claramente reconocible en determinados sitios: trátese de un paisaje de su Galicia rural, o del interior de un templo, o del mar, o de un jardín abandonado.... Este sentimiento del espacio se vincula a principios quietistas y panteístas, como puede comprobarse en *La Lámpara Maravillosa.*

Los escenarios más definitorios de las *Comedias Bárbaras* —la feria, los caminos y encrucijadas, la casa señorial y el templo [12]— están presentes en CARA DE PLATA. Desde el principio, el conflicto dramático se desencadena por un problema «espacial», de defensa del territorio: el paso por Lantañón. Lo que está en relación directa con la casa señorial, claro es, aparte el que de ella se destaquen tales o cuales lugares concretos.

---

11 Declaraciones al diario *Luz,* 23 de noviembre de 1933. Reimpreso en Dru Dougherty, *Un Valle-Inclán olvidado: entrevistas y conferencias,* Madrid, Fundamentos, 1983, pág. 263.

12 Todo esto se encontrará desarrollado en nuestro artículo «El espacio escénico en las *Comedias Bárbaras*».

Los caminos y encrucijadas atraen, asimismo, nuestra curiosidad: trátese de esos caminos matinales del comienzo, con la recreación de un paisaje épico y mítico (las *célticas mámoas,* las *ruinas de un castillo,* las *piedras insignes...),* trátese de los caminos de la noche. A veces, el camino se identifica con un personaje. A Don Juan Manuel, por ejemplo, se le designa como «el lejano caminante de los caminos crepusculares» (II, 4.ª); y ese camino que él correrá frenético, llevando raptada a Sabelita, se nos mostrará así: «todo el camino es lumbres» (II, 5.ª). Para añadir un segundo ejemplo, recordemos a Fuso Negro. En medio de su constante ir y venir por los caminos de esta noche embrujada, el satánico personaje nos dirá que en ella «voy en el caballo del viento» (II, 4.ª). Pero quizá sean la feria y el templo los dos espacios más sugestivos de CARA DE PLATA.

Hacia la feria de Viana se orientan los movimientos de los coros (el de chalanes y feriantes, el de Mujerucas) en el acto I; y el escenario ferial, en el acto siguiente, no puede resultar más llamativo ni pormenorizado. En la extensa acotación que abre acto y escena, el dramaturgo traza, con gran fuerza y expresividad, una perspectiva histórico-legendaria de Viana del Prior. No existe Viana del Prior en los mapas. Pero, después de leer esta acotación valleinclaniana, es difícil creer que no exista en la realidad, o al menos, en algún tipo de realidad. Viana del Prior —topónimo inventado— es una idea mítica de Galicia. Es también, particularizando más, una imagen emblemática de la pequeña ciudad gallega que domina un cierto territorio de aldeas, caseríos y *pazos* aislados, desperdigados. Esta clase de ciudad se erige así en el centro unificador de toda esa vida rural; singularmente, en determinadas circunstancias y festividades; y más que en ninguna otra, en la feria [13].

Volvamos a la acotación inicial del acto. La segunda parte de ésta se abre con la repetición del nombre de Viana —ahora entre signos de admiración— y nos muestra, con agilidad, con gran detallismo, cómo es su «feria renombrada en la Octava del Corpus». Si hasta aquí predominaba en la descripción lo arquitectónico y lo histórico-legendario, a partir de aquí los rasgos dominantes serán —con las imágenes feriales— la luz, el color, el movimiento, dándonos una estampa folclórica de gran vivacidad. Esa vivacidad se obtiene por la acumulación en series enumerativas —personas, animales, cosas— y por el contraste sistemático; especialmente, un contraste de luz, de color, que en algún instante llega a una verdadera animación de los objetos.

Además de la espléndida acotación, en la escena se recrea el ambiente ferial mediante los pregones. Éstos anuncian, por ejemplo, *El Ciprianillo:* famoso grimorio —muy popular en los medios rurales gallegos y portugueses— que contiene toda suerte de fórmulas mágicas y remedios caseros. Anuncian también lienzos y mantas, petaquillas del presidio de Ceuta, rosarios, naipes, verduguillos, el juego del biribís o bisbís... Y algo que intensifica aún más lo arcaico de este medio social: las sanguijuelas de la laguna de Limia, que se utilizaban para hacer sangrías. (Precisamente en la jornada II, esc. 3.ª, el Abad ordenará a Blas: «Baja a ponerme sanguijuelas»). Añadamos aún que, a través de diálogos y acciones, el vino y las cartas ocupan

---

[13] Carmelo Lisón Tolosana, en su *Antropología cultural de Galicia* (Madrid, Siglo XXI, 3.ª ed., 1977), ha examinado la importancia que todavía tiene la feria en la Galicia rural de nuestros días, en tanto que «expansión periódica de la aldea».

un lugar llamativo en este espacio ferial. En la escena siguiente, sobre todo, los naipes, «el juego clásico de las ferias españolas» (II, 2.ª); y no es casualidad que la partida de cartas que allí se juega termine con una riña violenta: la violencia, el sexo y otros impulsos primarios encuentran en la feria su más idóneo contorno, lo mismo que, por otra parte, ciertas figuras y actividades exóticas, printorescas: penitentes, ciegos con romances, etc. Pero Valle-Inclán no se conforma con recrear la feria agraria gallega, sin más, como haría un escritor costumbrista, sino que intenta profundizar en sus raíces, asumir su pasado histórico-legendario, y —muy importante para nosotros— hacernos ver cómo en esa feria agraria se genera y cobra forma la acción dramática de CARA DE PLATA y de las *Comedias Bárbaras*... Lo mismo que, en una feria agraria similar, nacieron en un tiempo lejano los rituales de Dionisos y, con ellos, de ellos, la tragedia griega.

Para concluir este apartado, vamos a referirnos al otro espacio escénico que alcanza una intensa significación en CARA DE PLATA: el templo (II, 4.ª).

La acotación inicial de la escena nos sitúa en la iglesia románica de San Martiño de Freyres. Es el atardecer, y todo el paisaje que rodea el templo se impregna de misterio, de sacralidad. El «rezo del viento», la alusión al Karma, la llama del presbiterio que enciende Sabelita... Todo converge en ese propósito sacralizador. Y es en este escenario donde se va a producir, justamente, el rapto de la muchacha.

A fin de resaltar el carácter profanador de ese rapto, el autor elige un templo, sí; y no sólo lo elige, sino que, a lo largo de la acción —las dos escenas dramáticas de Sabelita con, respectivamente, Cara de Plata y Fuso Negro—, *nos lo dice*. Nos lo dice con insistencia. Cara de Plata, dolido por el rechazo de Sabelita, le replicará en estos términos: «¡Por el asilo de la iglesia no te prendo ahora por la cintura y te llevo robada sobre mi caballo!» Después, con Fuso Negro, intentando defenderse de éste, Sabelita le exhortará *dos veces:* «Respeta la Iglesia, Fuso Negro.» De este modo, el posterior rapto de Sabelita por Don Juan Manuel, con que se cierra la escena 4.ª, resulta doblemente profanador, teniendo en cuenta que se produce en un lugar sagrado. En *Romance de Lobos* comprobaremos también cómo el templo confiere intensidad a una acción que, en sí misma, ya es profanadora.

El simbolismo del lenguaje

Es nota común al lenguaje de todo el teatro mágico valleinclaniano, en primer lugar, una cierta *ritualización,* que en buena medida se obtiene por la recurrencia a un tipo de locuciones pertenecientes a un lenguaje *ya hecho,* o que *lo aparenta.* Aunque al margen de los estudios sobre Valle-Inclán, me movió a fijarme en este rasgo estilístico la lectura de un ensayo de Lázaro Carreter, recogido en su libro *Estudios de Poética.* Distingue Lázaro allí entre dos usos del idioma: el lenguaje *fungible* o «destinado a perecer apenas la comunicación ha sido consumada», y aquel otro que «se emplea para preservar la identidad del mensaje, de modo que éste pueda ser repetido en sus propios términos». A este último lo designa Lázaro como lenguaje *literal,* y pone los siguientes ejemplos: «mensajes espontáneos, publicitarios, religiosos, políticos, legales, contractuales, testimonios de ofrendas..., etc.». Claro está: en definitiva, el lenguaje literario pertenecerá a esa especie del lenguaje *literal*[14].

---

14 Fernando Lázaro Carreter, *Estudios de Poética,* Madrid, Taurus, 1976, págs. 72-73.

Volviendo a CARA DE PLATA, llama nuestra atención la superabundancia de ese lenguaje literal, o que —insisto en el matiz— aparenta serlo. Reparemos en las oraciones sentenciosas y en los refranes (sobre todo, del Viejo de Cures); en las repeticiones, muletillas, augurios; en las confesiones e invocaciones que provienen del culto católico, y que en algún caso se presentan con un sentido invertido, sacrílego (por ejemplo, la invocación del Abad al Demonio, en III, 2.ª, o la confesión pública de Don Juan Manuel, en III, esc. última); en los exorcismos y las fórmulas mágicas; en los pregones; en alguna canción popular («Noite noitiña...», III, 4.ª); en el uso de algunas jergas (como la de los naipes, en el juego del monte), etc. En *Águila de Blasón* y en *Romance de Lobos,* reencontraremos este procedimiento.

El otro medio por el que se llega a una ritualización es el simbolismo del lenguaje, que podemos reconocer en diferentes series de imágenes. Con el fin de no convertir estas páginas en un inventario, sólo haremos hincapié en las más relevantes.

1.ª Imágenes animales.

Sea por la *animalización* o configuración animalística, sea por la presencia afectiva de animales en escena, la importancia del mundo animal en el teatro valleinclaniano es evidente, indiscutible. Limitándonos a CARA DE PLATA, fijémonos en las primeras escenas. Las acotaciones nos hablan de caballos, de vacas, de perros... y hasta de un vuelo de palomas. En la escena siguiente, incluso, aparece un perro llamado Carabel, que ha de acercarse a Cara de Plata «con un brazuelo en el aire». Después, Cara de Plata le mete un puño en la boca, sin que Carabel se lo muerda, etc. Tanto en este ejemplo como en los anteriores, la presencia de animales —y algunas referencias a ellos— desempeña una función ambientadora, o poco más. En otros casos, sin embargo, determinadas imágenes animalísticas adquieren un claro valor simbólico, al revelarnos tales o cuales aspectos de los personajes y de la acción dramática. Son las que de verdad nos importan ahora. Empecemos por la del lobo.

El lobo es una de las grandes metáforas de las *Comedias Bárbaras* [15], hasta el punto de constituir el título que cierra la trilogía. En CARA DE PLATA hay tres menciones del mayor interés. La primera, en la frase de un pastor: «Está solo en la cueva el lobo cano» (I, 1.ª); frase con la que, de un lado, se afirma ya la identificación de Don Juan Manuel con el lobo (por su fiereza, por su crueldad) y, de otro, se prefigura el desenlace, en clara alusión a una de las escenas finales —en una cueva— de *Romance de Lobos*. La segunda, prolonga la identificación a todos los Montenegro, en esta queja del Sacristán: «¡Montenegros! ¡Lobos fieros!» (II, 3.ª). La tercera, también del acobardado Sacristán, define el contraste de él mismo y Doña Jeromita con Don Juan Manuel: «... venimos dos ovejas contra un lobo» (I, 5.ª).

La antinomia lobo-oveja tendrá un importante desarrollo en la trilogía, donde el personaje que mejor se corresponde con la oveja es Sabelita. Ya en CARA DE PLATA se afirma esa correspondencia. Así, en estas intervenciones del Abad, cuando intenta rescatar a la sobrina: «¡Rey Faraón, vengo por mi oveja! (...). Montenegro, te amonesto para que me vuelvas la oveja a mi corte (...). Pisaré por tu dominio y cobraré mi mala oveja» (III, 1.ª). En alguna ocasión, a Sabelita se la compara también con la paloma. El Abad lo hace en una amenaza suya, que citábamos páginas atrás; lo hace también el Sacristán, al decirle:

---

[15] Y de otras ficciones que Valle-Inclán sitúa en Galicia. Por ejemplo, de esa gran novela corta que es *Flor de Santidad*.

«¿Quieres llegarte, paloma, a poner paños en el altar y renovar la cera?» (II, 3.ª). La imagen de la paloma y la de la oveja se funden en una sola significación: la de las víctimas. Porque en CARA DE PLATA se desvela ya la gran metáfora de las *Comedias Bárbaras:* esta que presenciamos es una historia de ovejas (o palomas) y de lobos; es decir, de víctimas y verdugos.

Nos aguardan aún en CARA DE PLATA muy diversas imágenes animalísticas —por ejemplo, la de los jureles asociada a un sueño premonitorio—, pero, realmente, la otra imagen fundamental que debemos ver con algún detalle es la del caballo. El caballo se relaciona con Cara de Plata y con Don Juan Manuel, y viene a expresar el impulso vital y sexual.

Observemos cómo aparece por primera vez en escena Cara de Plata: «entra al galope». Y de la misma forma abandona la escena, a punto de caer el telón final. Entre uno y otro límite, las sucesivas irrupciones del personaje son a caballo (destacadamente en II, 3.ª, 4.ª, 5.ª, 7.ª...). Volviendo a la primera escena, advirtamos el comportamiento fogoso de Cara de Plata con Pichona la Bisbisera y con Sabelita, lo que hace transparente esa analogía de la imagen del caballo con el instinto sexual. Pero advirtamos también que, a la vez, Cara de Plata domina al cuadrúpedo. Hay un momento sobremanera significativo al comienzo de la escena 4.ª del acto o jornada II: Cara de Plata se presenta ante Sabelita «*refrenando* el caballo», lo cual manifiesta muy bien su actitud ante la muchacha. En abierto contraste, la de Don Juan Manuel se puede resumir también con una imagen equina. Retengamos la conclusión de la escena 5.ª, acto II. Don Juan Manuel, que ha raptado a Sabelita, huye con ella a caballo, como una exhalación, y Ludovina y Pichona los ven pasar: «... en una ráfaga de violencia, ha cruzado un jinete, una negra centella». Asustada, Ludovina exclama: «¡Pichoneta, va *desbocado* el caballo!»[16].

En fin, la imagen del caballo adquiere un matiz especial, demoniaco, en las siguientes palabras de Fuso Negro, que con otro fin releíamos antes: «Esta noche voy en el caballo del viento» (II, 4.ª), y que pueden sintetizar muy bien la importancia de los caballos en CARA DE PLATA.

2.ª Imágenes vegetales y cósmicas.

Las huellas del mundo vegetal pueden reconocerse en muy diversos pasajes de CARA DE PLATA. Pero la imagen que, en este plano, se nos antoja dominante es la del vino. Muy en consonancia con el ambiente ferial, Don Farruquiño hace un verdadero canto al vino. Tras relacionar los vinos del país con las comidas más idóneas, dictamina: «cada vino tiene su correspondencia en la vida, igual que todas las cosas» (II, 1.ª). Este encomio —que en sí mismo no sobrepasa los márgenes de una anotación costumbrista— enlaza con las palabras de Fuso Negro, que son una auténtica exaltación alucinada y dionisiaca: «¡Qué buena idea, de mala idea, soltar el vino todo que hay en el mundo, todo a correr en una fuente de cien mil tornos!» (II, 4.ª).

En cuanto a las imágenes cósmicas, resulta indiscutible que el sol y la luna se reparten, cuantitativamente, la obra. Cuantitativamente, pero no cualitativamente. En el misterio de la noche, bajo el prestigio mágico de la luna, se desencadenan las fuerzas oscuras, que mueven a los personajes a tomar las más graves decisiones, en una frenética búsqueda de los límites. Como en otras obras del ciclo mítico *(Divinas Palabras,* por ejemplo), en CARA DE PLATA

---

[16] Obviamente, el subrayado es mío, tanto aquí como en la cita anterior.

la luna se proyecta desde un halo de reconocible sacralidad.

Hay ocasiones en que la vemos surgir con cierto asombro. «En la sala oscura —nos dice una acotación— la luna argentó una vidriera» (III, 1.ª). Escenográficamente, su presencia es fija, obsesiva, en los «tejados luneros», los «arcos de luna»... A veces, se identifica con algún personaje. Por ejemplo, con Cara de Plata. Cuando éste dice a Sabelita que quiere hablarle «a la luz de la luna», ella replica: «¡Eres tú muy lunático!» (I, 2.ª). Y en otro pasaje, Pichona la Bisbisera comentará al verle: «Ahora, al darte la luna, tienes la cara propiamente de plata» (II, 7.ª). Lo que parece sugerir una polisemia en el título: éste es el nombre de un personaje, pero también guarda alguna relación con el astro que preside las acciones de todos ellos.

Sin embargo, el personaje más resueltamente lunar es Fuso Negro. Por supuesto, en alguna de sus apariciones se destaca ya una posible correlación. Por ejemplo: «En la niebla lunar, por el camino de plata, Fuso Negro» (II, 6.ª). Pero es el adjetivo *alunado* el que da a esa correlación toda su intensidad: Fuso Negro es «un mendigo alunado» (I, 2.ª). En fin, será Fuso Negro quien proponga a Pichona, por dos veces, echar un baile a la luna (III, 4.ª), de forma muy similar a como el Trasgo Cabrío se lo propone a Mari-Gaila en *Divinas Palabras* (II, 8.ª). Y notemos aún que el adjetivo *cismático* acompañará por igual a la bolsa con las treinta monedas portuguesas, motivo —en parte— del enfrentamiento de Cara de Plata con el Abad («bolsa cismática», en III, 4.ª), a Fuso Negro («roto, greñudo, cismático», en I, 2.ª) y a la luna («¡Luna cismática!», exclamará Doña Jeromita en II, 6.ª, reconociéndola como protagonista, como resorte oculto de esta noche embrujada).

CONSIDERACIONES FINALES

Al margen de ese baile a la luna, que propone Fuso Negro, subrayemos que la acción dramática cobra a menudo la forma de una danza o baile ritual. Nos invitan a verlo así dos apariciones concretas de Fuso Negro y los movimientos de los coros.

Con frecuencia, se han elogiado los coros de las *Comedias Bárbaras,* valorándolos como una creación valleinclaniana muy conseguida, en verdad original. Limitándonos a CARA DE PLATA, observemos la forma de procesión, de cortejo que adoptan algunos de ellos (e inclusive se diría que con ciertas ofrendas, como los frutos que llevan las Mujerucas en I, 2.ª). Además de este coro de Mujerucas, recordemos el de chalanes y feriantes que sirve de obertura a la obra; el de los pregones feriales (II, 1.ª) y el que surge en la escena final, acompañando al sacrílego Abad: «Lenta procesión de luces y manteos.» Este último, con la brusca intervención de Don Juan Manuel y la huida desesperada de Cara de Plata, permitirá al autor una composición escénica de gran belleza visual: «Capuces y luces del piadoso cortejo retroceden. Voces agorinas. Sombras huideras. Pánico sagrado.» Pero el aspecto que quiero hacer sobresalir es el propiamente ritual de ese coro, con las salmodias que va recitando en su procesión. Por ejemplo: «¡Montenegro! ¡Negro de alma! ¡Negro de pecados!», etc.

Releamos ahora las dos apariciones de Fuso Negro bailando. En el acto I, escena 2.ª, la acotación señala de él algunos rasgos grotescos (su espantada, su gesto de sacar la lengua, la «nalga negruzca», los remiendos de su ropa de mendigo...) y dice después: «De pronto, se vuelve y comienza a bailar, trenzando las piernas», al tiempo que se repite su grito alucinado: «¡Touporroutóu!» En la otra aparición, que se produce *precisamente* tras la invocación del Abad al Demonio, descubrimos a Fuso Negro de este modo: «Sobre el albo camino baila el loco su baile frenético.» Sólo un instante, porque en seguida «pasa en una ráfaga ante el sacrílego Abad de San Clemente», respondiendo así a su llamada: «¡Presente, mi capitán!» (III, 2.ª).

Nos estamos acercando al término de este trabajo, y no hemos considerado aún algunas cuestiones importantes, sin contar con que, a lo largo de nuestra reflexión, han ido quedando en los márgenes muchos cabos sueltos...

Se me ocurre que hay un nexo, un ángulo, en el que estos varios asuntos pendientes confluyen. Se encuentra en el concepto mismo de nuestra *doble lectura.* La utilización simbólica del espacio, las series de imágenes que tienden a identificar lo humano con lo animal, lo vegetal, lo cósmico; la forma de danza, con los bailes y con los movimientos de los coros... Todo cristaliza en un esquema ritual. En la *doble lectura* de CARA DE PLATA, lo que estamos presenciando equivale —pretende equivaler— a un rito mágico. No es la primera vez que el dramaturgo se plantea esta búsqueda, ni siquiera es Valle-Inclán el primero en hacerlo. Desde Mallarmé, Maeterlinck, D'Annunzio..., el teatro simbolista europeo ha intentado, a través de las posibilidades expresivas inherentes a su estilo, crear una representación teatral que sea... como una misa (la comparación es de Mallarmé). Y ello, no para usar el teatro como propaganda del catolicismo o de cualquier otra religión más antigua, sino para recuperar, a través de este caudal de símbolos que proceden de las tradiciones mágicas, algo que la representación teatral tuvo en sus orígenes: un contacto con el misterio, una sensibilidad para acercarse al otro lado de las cosas. Por supuesto: ya no estamos en los dominios de la religión, sino en los dominios del arte; pero en éstos, una representación teatral podría —debería— suscitar en el espectador el mismo sobrecogimiento, la misma sensibilidad, que experimenta un creyente en un rito religioso.

Este era el nexo. Ahora es más fácil concluir, enumerando solamente algunas imágenes, algunos datos o sugerencias más. Para empezar, la configuración de un personaje tan enigmático como Fuso Negro. En una primera lectura, desde luego, es un pobre loco. En la *doble lectura,* su dibujo satánico resulta evidente. Él es quien empuja la acción con sus intervenciones imprevistas: por ejemplo, provoca el enfrentamiento final de Cara de Plata y Don Juan Manuel... O bien, él es el responsable del rapto de Sabelita. Ésta lo reconocerá, al lamentarse horas después: «¡Malvado Fuso Negro!» (III, 1.ª)... Así pues, ¿estamos diciendo que Fuso Negro es un personaje alegórico del Demonio? Hasta cierto punto, cabría afirmarlo. A lo expuesto hasta aquí, añádase su discusión con el Maragato. Tras exclamar éste: «¡Si no repelan al Diablo!», Fuso Negro parece sentirse aludido y replica: «¿Sabes quién soy? ¿Los estudios que tengo? ¿Te pones conmigo? ¡No te pongas, que saldrás perdiendo!» (II, 1.ª). Y ya hemos apuntado esa brusca irrupción de Fuso Negro cuando el Abad invoca al Demonio... Sin embargo, *a la vez,* es manifiesto el propósito del autor de que no lo veamos como tal personaje alegórico. De suerte que Fuso Negro es el Demonio, y... no lo es. Como en todo buen teatro simbolista, la clave está en la ambigüedad, en la indecisión. Al contrario que los personajes alegóricos de las dramaturgias anteriores, en el simbolismo un personaje puede *ser y no ser al mismo tiempo* la idea o figura maravillosa que se pretende representar. Otro buen ejemplo, sin salirnos del teatro de Valle-Inclán... ni del mito del Demonio —tan fundamental en toda su literatura— lo tenemos en el Séptimo Miau de *Divinas Palabras.*

Entendido así, Fuso Negro viene a expresar una fuerza satánica, desencadenada en esta noche; una fuerza satánica que arrastra a los personajes digamos «normales» (en el sentido de que no están locos, por supuesto; pero, sobre todo, en el sentido de que su trazado no responde a esa gran complejidad). Piénsese en Cara de Plata, que hacha en mano va a agredir —no llega a hacerlo— a su padre [17], piénsese en Don Juan Manuel y en el Abad... En todos ellos hay un signo, una huella que los relaciona con Fuso Negro, y es su asimilación a lo negro. «Negra centella»: así define la acotación a Cara de Plata en ese instante terrible (III, esc. última). «No hay en toda mi vida un naipe tan negro como el que ahora levanto», dice Don Juan Manuel, refiriéndose a la seducción de Sabelita *(ibíd.).* En fin, las manos del Abad, que llevan el cáliz, son «como garras negras» *(ibíd.).* Nótese el contraste con lo blanco, que cabe hallar igualmente en otras obras del autor. Aquí, lo blanco se asocia a Sabelita (=inocencia, pureza, víctima). De los varios ejemplos posibles, me inclino por elegir este, tan expresivo: «Sabelita, en el fondo de una puerta, se cubre la cara. ¡Blancura de aquellas manos!» (III, 1.ª).

Dentro de este contexto tan sistemáticamente ritualizado, el rapto de Sabelita nos plantea, para terminar, una

---

17 Resulta muy eficaz esta imagen del hacha. En II, 1.ª, el Penitente dice a Cara de Plata que mató a su padre «con el aire del hacha», ya que, cuando levantó ésta contra él, «cayó fulminado». En III, escenas penúltima y última, Cara de Plata arranca un hacha del hogar y corre a caballo hasta blandirla contra Don Juan Manuel. Parece claro que Valle-Inclán se inspira aquí en *La hija de Iorio,* de Gabriel d'Annunzio. En dicha obra, al final del acto II, Aligio mata a su padre con un hacha; acción ésta, convenientemente preparada, entre otras cosas, por la insistencia —desde la acotación inicial del acto— en la referida imagen.

difícil pregunta. ¿Debemos proceder, también aquí, a una lectura simbólica? A propósito de las afinidades entre Helena y Ariadna, Core, Afrodita, Pasifae y Deméter, José Alsina ha escrito que «todas ellas son divinidades de la vegetación y de la fertilidad», y que todas ellas han sido raptadas, lo que «en el lenguaje mítico simboliza la muerte de la vegetación» [18]. Algunos extremos en el rapto de Sabelita parecen encajar en estas coordenadas míticas, si reconocemos este concepto de «muerte de la vegetación» en la noche o en el invierno. Adviértase que la escena del rapto es durante el crepúsculo, pero que en la escena siguiente es ya de noche. Se diría que el rapto ha provocado la noche.

RICARDO DOMÉNECH.

Madrid y La Coruña, agosto de 1993.

[18] José Alsina, *Tragedia, religión y mito entre los griegos,* Barcelona, Labor, 1971, pág. 198.

BIBLIOGRAFÍA

ALBERICH, J.: «*Cara de Plata,* fuera de serie», *Bulletin of Hispanic Studies,* XLV, 1968, págs. 299-308.

AMOR Y VÁZQUEZ, J.: «Los galaicismos en la estética valleinclaniana», *Revista Hispánica Moderna,* XXIV, núm. 1, enero de 1958, págs. 1-26.

BENÍTEZ CLAROS, R.: «Metricismos en las *Comedias Bárbaras», Revista de Literatura,* III, 1953, págs. 247-291.

BOREL, JEAN-PAUL: «Valle-Inclán o la pasión de lo imposible», en *El teatro de lo imposible,* Madrid, Guadarrama, 1966, págs. 171-223.

CANOA, J.: *Semiología de las «Comedias Bárbaras»,* Madrid, Cupsa Editorial, 1977, 251 págs.

CARDERO LÓPEZ, JOSÉ LUIS: «Galicia, Valle-Inclán e a morte (Apuntes etnográficos sobre as manifestacións da morte en Galicia, a través das *Comedias Bárbaras)», Grial,* núm. 112, octubre-noviembre-diciembre de 1991, págs. 523-543.

DÍAZ-PLAJA, GUILLERMO: *Las estéticas de Valle-Inclán,* Madrid, Gredos, 1965, 298 págs.

DOMÉNECH, R.: «El espacio escénico en las *Comedias Bárbaras», Serta Philologiga F. Lázaro Carreter,* vol. II, Madrid, Cátedra, 1983, págs. 157-170.

DOMÉNECH, R.: «Valle-Inclán y García Lorca: una perspectiva del teatro español», en VV.AA., *El teatro en España entre la tradición y la vanguardia,* Madrid, C.S.I.C. y Fundación García Lorca, 1992, páginas 333-343.

DOMÉNECH, R., ed.: *Ramón del Valle-Inclán,* Madrid, Taurus, 1988, 451 págs. (Col. El Escritor y la Crítica).

GABRIELE, J. P., ed.: *Suma valleinclaniana,* Barcelona, Anthropos, 1992, 729 págs.

GARCÍA PELAYO, M.: «Sobre el mundo social en la literatura de Valle-Inclán», *Revista de Occidente,* IV, núms. 44-45, noviembre-diciembre de 1966, páginas 257-287.

GÓMEZ MARÍN, J. A.: *La idea de sociedad en Valle-Inclán,* Madrid, Taurus, 1967, 138 págs.

GONZÁLEZ LÓPEZ, E.: *El arte dramático de Valle-Inclán,* Nueva York, Las Américas, 1967, 279 págs.

GREENFIELD, S. M.: «*Cara de Plata:* The Esperpentic Version of the *Comedias Bárbaras*», en A. N. Zahareas, ed., *Ramón del Valle-Inclán. An Appraisal of His Life and Works,* Nueva York, Las Américas, 1968, páginas 584-597.

GREENFIELD, S. M.: *Valle-Inclán: Anatomía de un teatro problemático,* Madrid, Fundamentos, 1972, 300 páginas.

GUERRERO, O.: «Sobre las *Comedias Bárbaras,* de don Ramón del Valle-Inclán», *Cuadernos Hispanoamericanos,* LXVII, núms. 199-200, julio-agosto de 1966, págs. 467-481.

IGLESIAS FEIJOO, L.: «El estreno de *Águila de blasón,* de Valle-Inclán, en 1907», en *Homenaxe ó profesor Constantino García,* Santiago, Universidad, 1991, páginas 459-471.

JIMÉNEZ, JUAN RAMÓN: «Valle-Inclán visto por Juan

Ramón Jiménez. Castillo de quema», *Ínsula,* números 236-237, 1966, págs. 11-12.

LAVAUD, JEAN-MARIE: *El teatro en prosa de Valle-Inclán (1899-1914),* Barcelona, Promociones y Publicaciones Universitarias, 1992, 688 págs.

LORENZANA, S.: «Galicia en la obra de Valle-Inclán», *Ínsula,* núms. 236-237, julio-agosto de 1966, pág. 17.

LLORENS, E.: *Valle-Inclán y la plástica,* Madrid, Ínsula, 1975, 268 págs.

MARAVALL, J. A.: «La imagen de la sociedad arcaica en Valle-Inclán», *Revista de Occidente,* IV, núms. 44-45, noviembre-diciembre de 1966, págs. 225-256.

MARTÍNEZ TORNER, E.: «La expresión en *Romance de lobos,* de Valle-Inclán», en *Ensayos sobre estilística literaria española,* Oxford, Dolphin, 1953, págs. 110-113.

MATILLA RIVAS, A.: *Las «Comedias Bárbaras»: historicismo y expresionismo dramático,* Salamanca, Anaya, 1972, 168 págs.

PORRÚA, M.ª DEL CARMEN: *La Galicia decimonónica en las «Comedias Bárbaras» de Valle-Inclán,* A Coruña, Ediciós do Castro, 1983, 288 págs.

POSSE, R.: «Notas sobre el folklore gallego en Valle-Inclán», *Cuadernos Hispanoamericanos,* LXVII, números 199-200, julio-agosto de 1966, págs. 493-520.

RAMOS-KUETHE, LOURDES: *Valle-Inclán: Las Comedias Bárbaras,* Madrid, Editorial Pliegos, 1985, 160 págs.

RISCO, A.: *El demiurgo y su mundo: Hacia un nuevo enfoque de la obra de Valle-Inclán,* Madrid, Gredos, 1977, 310 págs.

RODRÍGUEZ CASTELAO, A.: *Galicia y Valle-Inclán,* Lugo, Celta, 1971, 49 págs. (Conferencia leída en La Habana, en enero de 1939.)

RUBIA BARCIA, J.: *Mascarón de proa (Aportaciones al estudio de la vida y de la obra de don Ramón María del Valle-Inclán y Montenegro),* A Coruña, Ediciós do Castro, 370 págs.

RUIZ FERNÁNDEZ, C.: *El léxico del teatro de Valle-Inclán,* Salamanca, Universidad, 1981, 313 págs.

SALPER DE TORTELLA, R.: «Don Juan Manuel Montenegro: The Fall of a King», en A. N. Zahareas, ed., *Ramón del Valle-Inclán. An Appraisal of His Life and Works,* Nueva York, Las Américas, 1968, páginas 317-333.

SÁNCHEZ BARBUDO, A.: «Valle-Inclán y su paisaje», *Romance,* I, núm. 2, febrero de 1940, pág. 9.

SCHIAVO, LEDA: «La barbarie de las *Comedias Bárbaras»,* en Ángel G. Loureiro, ed., *Estelas, Laberintos, Nuevas sendas: Unamuno, Valle-Inclán, García Lorca, la guerra civil,* Barcelona, Anthropos, 1988, páginas 191-203.

SEELMAN, R.: «Folkloric Elements in Valle-Inclán», *Hispanic Review,* III, 1935, págs. 103-118.

SEGURA COVARSI, ENRIQUE: *«Cara de Plata», Revista de Literatura,* V, núms. 9-10, 1954, págs. 267-279.

SERRANO, JAVIER: «La génesis de *Águila de blasón», Boletín de la Fundación García Lorca,* núms. 7-8, diciembre de 1990.

SMITHER, WILLIAM, J.: *El mundo gallego de Valle-Inclán,* A Coruña, Ediciós do Castro, 1986, 208 págs.

SPERATTI-PIÑERO, E. S.: *El ocultismo en Valle-Inclán,* Tamesis Books, 1974, 202 págs.

SPITZMESSER, A. M.: «Totem e Tabú: a sociedade galega nas *Comedias Bárbaras* de Valle-Inclán», *Grial,* núm. 112, octubre-noviembre-diciembre de 1991, págs. 544-553.

TENREIRO, R. M.: «Valle-Inclán y Galicia», *La Pluma,* VI, núm. 32, enero de 1923, págs. 35-39.

UMPIERRE, G.: «La moral heroica en las *Comedias Bár-*

baras», en *Homenaje a Casalduero,* Madrid, Gredos, 1972, págs. 471-484.

UMPIERRE, G.: «Muerte y transfiguración de Don Juan Manuel Montenegro *(Romance de lobos)», Bulletin of Hispanic Studies,* L, núm. 3, julio de 1973, páginas 270-277.

VEGA, C. DE LA: «Perfil gallego de Valle-Inclán», *Ínsula,* núms. 152-153, julio-agosto de 1959, pág. 4.

ESTA EDICIÓN

CARA DE PLATA se publicó por entregas en la revista *La Pluma,* en 1922. En 1923, se publicó en libro, en el volumen XIII de la *Opera Omnia,* editada por Renacimiento. Esta edición registra importantes variantes con respecto a la anterior, y es, con toda evidencia, la que Valle-Inclán da por definitiva. Unos años más tarde, en la revista *Novelas y Cuentos,* se reedita CARA DE PLATA (núm. 275, 8 de abril de 1934), reproduciéndose sin cambios significativos el texto de *Opera Omnia.* En 1946, el mismo texto se reproduce en la edición de la Colección Austral, de Espasa Calpe. Y en 1991, según edición crítica de Antón Risco —quien anota las variantes de 1922 y 1934— en la Colección Clásicos Castellanos, de esta Casa editorial. También en ese año aparece la adaptación libre de Vicente Molina Foix sobre las tres *Comedias Bárbaras,* representada en el Teatro María Guerrero, Centro Dramático Nacional, Ministerio de Cultura.

La presente edición se atiene, como es lógico, a la de *Opera Omnia* en 1923. De acuerdo con las características actuales de la Colección, sólo se pretende ofrecer el texto que —insistimos— Valle-Inclán dio por definitivo, depurándolo de erratas y ultracorrecciones. Se ha respetado la puntuación del autor; puntuación que en algunos casos puede parecer poco ortodoxa, pero que es peculiar de su estilo. Por ejemplo, el frecuente uso de los dos puntos en vez del punto y seguido, empezando la frase posterior con mayúscula; o el de la coma separando sujeto y verbo, para intensificar la pausa en la entonación de alguna frase.

Se ha modernizado la ortografía en casos aislados y obvios (por ejemplo, *Ribero* en vez de *Rivero);* aunque hemos mantenido la *h* en la palabra *hirmandiño* —se escribe sin ella, en el gallego actual— por la carga historicista que lleva consigo. Se han aceptado dos correcciones que aparecen en el texto publicado anteriormente en Austral:

1.ª En la edición de 1923, en la jornada II, escena 4.ª, se lee: «la risa en balandros». Es una errata, evidentemente, y debe decir: «la risa en baladros», lo que se reafirma si comprobamos que en la jornada III, escena 3.ª, se lee: «la risa en baladro» (en ambos casos, respecto al mismo personaje: Fuso Negro).

2.ª En la edición de 1923, jornada III, escena 4.ª, se lee: «La risa estruenda por la negra bocana del humo, y la acompasa cascabeleño el serpentón de la cremallera» (pág. 249). Se entiende que la risa de Fuso Negro baje tan estruendosa por la chimenea como para que Valle-Inclán invente el verbo *estruendar;* lo que no se entiende es que a esa risa acompase «el serpentón de la cremallera». ¿De qué *cremallera* se trata? Quizá me equivoque, pero no encuentro en castellano ni en gallego una acepción que le dé sentido. En la antigua edición de Austral, se leía *gramallera* en vez de *cremallera.* El sustantivo *gramallera* (de *gramalleira)* es un galleguismo, y designa la cadena o pieza de hierro dentada que cuelga de una viga para suspender toda clase de calderos sobre el fuego de la chimenea. (Y es palabra que, con este significado preciso, utiliza Valle-Inclán dos veces en *Águila de Blasón).* Así, desde luego, se comprende la metáfora: esa risa es tan estruendosa que agita la gramallera, cuya movilidad recuerda una serpiente de cascabel y cuyos calderos, por ese movimiento, suenan como cascabeles. En consecuencia, y aunque ignoro su origen, he respetado esta corrección. Eso sí, diciéndolo, justificándola con estas líneas.

Siguiendo las normas de la Colección, se ha compuesto un Glosario, con aclaraciones diversas, sobre todo léxicas. En este último aspecto, remitimos siempre que es posible al Diccionario de la Real Academia Española *(DRAE)* y, para los abundantes galleguismos del texto, al *Diccionario Normativo Galego-Castelán* (Vigo, Galaxia, 1988) *(Dicc. Norm. Gal.-Cast.)*. Hemos tenido en cuenta los estudios de Amor y Vázquez, de Ruiz Fernández y de William Smither, citados en la Bibliografía.

Nos ha parecido innecesario añadir aclaraciones a los galleguismos morfológicos y sintácticos (el diminutivo en *-iño,* el uso de la segunda persona del plural de imperativo; la sustitución del gerundio por la preposición *a* seguida de infinitivo; la anteposición del pronombre personal al verbo; la *-e* paragógica, etc.) que no plantean dificultad de lección, y que, por lo demás, son ya familiares a los buenos lectores valleinclanianos.

CARA DE PLATA

COMEDIA BÁRBARA

DRAMATIS PERSONÆ

EL CABALLERO DON JUAN MANUEL MONTENEGRO

SUS HIJOS CARA DE PLATA, DON PEDRITO, DON ROSENDO, DON MAURO, DON GONZALITO Y DON FARRUQUIÑO

SABELITA, AHIJADA DEL CABALLERO

EL ABAD DE LANTAÑÓN Y SU HERMANA DOÑA JEROMITA

EL SACRISTÁN, LA SACRISTANA, LA HIJA BIGARDONA Y EL CORO DE CRIANZAS

FUSO NEGRO, LOCO

DON GALÁN, CRIADO DEL CABALLERO

UNA TROPA DE CINCO CHALANES: PEDRO ABUIN, RAMIRO DE BEALO, MANUEL TOVIO, MANUEL FONSECA Y SEBASTIÁN DE XOGAS

EL VIEJO DE CURES Y UN PASTOR

PICHONA LA BISBERA, LUDOVINA LA VENTORRILLERA Y LA COIMA DE OTRO MESÓN

UN MARAGATO, UN PENITENTE, EL CIEGO DE GONDAR, UN INDIANO, EL DIÁCONO DE LESÓN

UNA VIEJA COTILLONA

VOZ EN UNA CHIMENEA

OTRAS VIEJAS, GRITOS Y DENUESTOS, PREGONES, CLAMOR DE MUJERUCAS, SALMODIA DE BEATAS, RENIEGOS Y ESPANTOS, LAS LUCES DEL SANTO VIÁTICO

JORNADA PRIMERA

ESCENA PRIMERA

Alegres albores. Luengas brañas comunales, en los montes de Lantaño. Sobre el roquedo la ruina de un castillo, y en el verde regazo, las Arcas de Bradomín. Acampa una tropa de chalanes, al abrigo de aquellas piedras insignes —Manuel Tovio, Manuel Fonseca, Pedro Abuin, Ramiro de Bealo *y* Sebastián de Xogas—. *A la redonda, los caballos se esparcen mordiendo la yerba sagrada de las célticas mámoas. En la altura una vaca montesa embravecida, muge por el vitelo que se lleva a la feria un rabadán.*

Pedro Abuin.—Ganados de Lantaño, siempre tuvieron paso por Lantañón.

Ramiro de Bealo.—Hoy se lo niegan. Perdieron el pleito los alcaldes y no vale contraponerse.

Pedro Abuin.—Eso aún hemos de ventilarlo.

Ramiro de Bealo.—No te metas a pleito, con hombre de almenas.

Pedro Abuin.—¡Casta de soberbios! El fuero que tienen, pronto lo perdían si todos nos juntásemos. ¡No es más tirano el fuero del Rey!

SEBASTIÁN DE XOGAS.—Ya hubo reyes que acabaron ahorcados.

RAMIRO DE BEALO.—En otras tierras.

MANUEL FONSECA.—¡Montenegros! ¡Negros de corazón!

PEDRO ABUIN.—A esa casta de renegados la hemos de ver sin pan y sin tejas. ¡Más altos adarves se hundieron!

MANUEL TOVIO.—Pero en el ínterin se nos priva el paso por el dominio de Lantañón. ¡Tanto son parciales los días presentes!

Por los caminos del monte van chalanes y feriantes, en desgranadas hileras. Los de Cures y Tras-Cures, los de Taveirós y los de Nigrán. Trasponiendo las célticas lomas entre picas y gritos, cornea abravada una punta de vacas. Las voces de los chalanes y el ladrido de los perros prolongan un épico verso, en los cristales matinales.

PEDRO ABUIN.—¡Alto, compañeros!

VOCES LEJANAS.—¿Qué se ofrece?

PEDRO ABUIN.—En Lantañón parece ser que ahora sacan el fuero de negar el paso a los que transitan para la feria de Viana. ¿Estáis conformes en ello?

EL VIEJO DE CURES.—¡Si hay ley!

PEDRO ABUIN.—¡No la hay! Ni ley ni poder para negarnos camino, tiene el Vinculero.

EL VIEJO DE CURES.—¡Mucho aventuras!

SEBASTIÁN DE XOGAS.—Tanto no juego, pero habría que deliberarlo. Conforme al texto de los pasados, nos debe servidumbre el dominio de Lantañón. Eso conforme al texto de nuestros mayores.

RAMIRO DE BEALO.—No vale contraponerse. El Vinculero ganó el pleito que tenía con los alcaldes.

PEDRO ABUIN.—¡Fue mal sentenciado! Y todos a una puestos en la de pasar, nos reímos de papeles.

EL VIEJO DE CURES.—Donde hay sentencia de juez, mala o buena, tuerta o derecha, le toca perder al rebelde. ¡Siempre lo he visto en los años que tengo!

PEDRO ABUIN.—Con sentencia o sin sentencia, no tiene poder contra todos el Montenegro. ¡Esa es la mía!

EL VIEJO DE CURES.—Arrogancias, nunca ganaron pleitos.

SEBASTIÁN DE XOGAS.—¿Qué cuentas son las vuestras? ¿Llevar el ganado por la barca?

EL VIEJO DE CURES.—Acercarnos a las puertas del Pazo, y pedirle su venia al Vinculero.

PEDRO ABUIN.—¡Es mucha la soberbia que tiene!

EL VIEJO DE CURES.—Pues nos, allá vamos con ese concierto, y a ser vos conformes, podemos ir todos, que más fuerza hacemos.

PEDRO ABUIN.—¿Y si se niega, qué procede?

EL VIEJO DE CURES.—Esperar una mudanza de su genio. Tú propones juntarnos para la rebeldía. ¡Así es! Yo para las mediaciones que transigen guerras. ¡Quién tuvo razón, lo diga el tiempo!

RAMIRO DE BEALO.—Con ir allá, nada se nos pierde.

MANUEL TOVIO.—Si lo atrapamos en la hora renegada, nos echa con rayos y centellas.

PEDRO ABUIN.—Si mala palabra me dice, mala palabra le respondo.

EL VIEJO DE CURES.—¡Con ese dictamen no vengas allá!

UN PASTOR, *escotero y remoto sobre una peña, asiste al concilio haciendo círculos con el regatón del cayado en los líquenes milenos del roquedo.*

EL PASTOR.—La idea vuestra, ya otros la pusieron en obra. ¿Y qué sacaron? ¡Oír malos textos! Yo fui con buenas palabras. ¿Y qué saqué? ¡Escarnios! Me oyó tirándose de las barbas, y acabó con que fuese a pedírselo la mi parienta.

MANUEL FONSECA.—¡Con ella en la cama sentenciaba el pleito!

EL PASTOR.—¡No sentenciase su fin!

RAMIRO DE BEALO.—Es el fuero que tiene.

EL PASTOR.—Pues llévale la vaca de tu corte.

PEDRO ABUIN.—Ya se la habrá llevado.

RAMIRO DE BEALO.—Un rayo que os parta.

PEDRO ABUIN.—¿Qué resolución tomamos, compañeros? La mía es meter el ganado por las Arcas. Pero habíamos de ser todos a una. Si como dicen, hubo ya tiempos donde fueron quemadas las casas de torre, pudieran volver tales tiempos.

EL PASTOR.—Vamos y no lo demoremos, que está solo en la cueva el lobo cano.

PEDRO ABUIN.—¿Qué respondéis los feriantes? ¿Nos juntamos para hacer valer nuestro derecho?

EL VIEJO DE CURES.—Tengo una carga de años, y os confirmo que más ganaremos con palabras de política que con acciones rebeldes.

PEDRO ABUIN.—Los de ese dictamen que vayan delante y hablen primero.

EL VIEJO DE CURES.—¡Amén! Sin concordia entre altos y bajos, el mundo no se gobierna.

VOCES DE FERIANTES.—¡Too! ¡Marela! ¡Tooo! ¡Bermella!

MANUEL FONSECA.—Esperemos a ver lo que saca Quinto de Cures.

RAMIRO DE BEALO.—El no, ya lo lleva.

EL PASTOR.—Sacará lo que otros sacaron.

PEDRO ABUIN.—¡Sacará voces y denuestos!

SEBASTIÁN DE XOGAS.—¡Atención pido! De ir a un levante tiempo tenemos. Y para mi discurso, nos cuadra dejar cualquier querella hasta pasado el Corpus de Viana. Busquemos ahora la vida en la feria, sin contratiempos, que a la vuelta lugar hay de abanderarnos contra la sentencia del Vinculero.

PEDRO ABUIN.—¡Montenegro, emplazado quedas!

SEBASTIÁN DE XOGAS.—¡Ya te llegará tu malaventura, Montenegro!

EL PASTOR.—¡No hay otra salvación que quemarle los campos!

El tropel de chalanes parte en cabalgada, y EL PASTOR *en lo alto de la peña, siluetado sobre el cielo, los despide con un grito, agitando los brazos. A lo lejos, en el cristal de la mañana, un vuelo de palomas abre sus círculos sobre la Torre de Lantañón.*

ESCENA SEGUNDA

Luces matinales en el Pazo de Lantañón.—Sobre el atrio de limoneros, la arcada de una solana, con escalera de piedra. SABELITA *está en lo alto, de pechos al arambol, rubia de mieles, el cabello en dos trenzas, la frente bombeada y pulida, el hábito nazareno. En el lindero del atrio clamorea una ringla de mujerucas con frutos y tenderetes.*

CLAMOR DE LAS MUJERUCAS.—¿Es verdad que se quitó el paso? ¡Miren que es mucho el arrodeo! ¡Madre de Dios! ¡Madre de Dios! ¡Con el camino tan largo que traemos! ¡Madre Bendita! ¡Que venimos de muy distante! ¡Más arriba de San Quinto de Cures!

Las mujerucas se apartan para dejar paso a un jinete, mancebo muy gentil, que, cercado de galgos y perdigueros, entra al galope.—Basculada con gritos y espantos, cestos torcidos sobre las cofias, manos aspadas protegiendo los tenderetes.—DON MIGUEL MONTENEGRO, *el hermoso segundón, salta de la silla y ata el caballo a una argolla empotrada en el muro. Por su buena gracia, los suyos y los ajenos le dicen* CARA DE PLATA.

CLAMOR DE LAS MUJERUCAS.—¡Don Miguelito, déjenos pasar! ¡Tenga compasión, Señor Carita de Plata! ¡Que venimos de la fin del mundo! ¡Tenga buen corazón!

PICHONA LA BISBISERA.—¡Téngalo de plata como la cara hermosa, Señor Don Miguelito!

CARA DE PLATA.—¡Pasad con mil demonios!

PICHONA LA BISBISERA.—¡Viva el Señor Carita de Plata!

CARA DE PLATA.—¿Cuándo me lo das, Pichona?

PICHONA LA BISBISERA.—¡Ay, qué trueno!

CLAMOR DE LAS MUJERUCAS.—¡Dios le florezca! ¡Dios le florezca!

La ringla de mujerucas penetra en el atrio por el gran arco con escudo y cadenas. SABELITA *deja oír el ceceo cantarín de su voz, y sobre las piedras viejas de la solana, entre el verde de los limoneros se enciende la nota morada y dramática del hábito nazareno.*

SABELITA.—¿Cómo queda la madrina?

CARA DE PLATA.—Rezando el trisagio. ¿Y tú, cuándo vuelves allá?

SABELITA.—Cuando el padrino lo ordene.

CARA DE PLATA.—Mi madre te espera.

SABELITA.—¿Por qué no me manda ir? Yo bien lo deseo.

CARA DE PLATA.—¿Ahora que yo he venido?

SABELITA.—No comiences.

CARA DE PLATA.—Ayúdame a ver qué tiene este maldito cadelo, pues viene cojo.

SABELITA.—Si entró por las tojeras, será alguna espina.

CARA DE PLATA.—¡Ven aquí, Carabel!

El can se acerca con un brazuelo en el aire, y el hermoso segundón le vuelca mirándole las pezuñas. SABELITA *está a su vera, arrodillada sobre las losas, risueña y atenta.*

SABELITA.—¡No te clave los dientes!

CARA DE PLATA.—Ya verías tú de curarme.

SABELITA.—No soy cirujana.

CARA DE PLATA *mete el puño en la boca del alano, que gime hostigado, pero sin morderle.* SABELITA *le mira fijamente, los ojos ingenuos y francos como los de una niña.*

SABELITA.—¡No tienes los cabales!

CARA DE PLATA.—¡Muerde, Carabel!

SABELITA.—¡El animal, discierne más que tú!

CARA DE PLATA.—¡Pues que siga con la espina!

CARA DE PLATA *salta en pie, con gentil y violento alarde. Tiene el cabello de oro, los ojos de alegre verde, la nariz de águila imperial.* SABELITA, *arrodillada al pie del can, sobre el suelo de piedra, se afana por sacarle la espina que tiene clavada en el brazuelo. El hermoso segundón vuelve a su lado.*

SABELITA.—¡Loco!

CARA DE PLATA.—Ponme tú cuerdo.

SABELITA.—¿Con qué yerbas?

CARA DE PLATA.—Con palabras.

SABELITA.—No soy saludadora.

CARA DE PLATA.—Esta noche tengo que hablarte, Isabel.

SABELITA.—¿Y no es hablar lo que estamos haciendo?

CARA DE PLATA.—Será otro hablar, a la luz de la luna.

SABELITA.—¡Eres tú muy lunático!

CARA DE PLATA.—¿No me quieres, Isabel?

SABELITA.—Al modo tuyo, no.
CARA DE PLATA.—Pues no me quieres.
SABELITA.—Eso será.
CARA DE PLATA.—Esta noche te deshago la cama.
SABELITA.—¡Qué falto estás de sentido!
CARA DE PLATA.—¿Me abrirás la puerta?
SABELITA.—¡No seas pirata!
CARA DE PLATA.—Si la encuentro cerrada, cuenta que la derribo.
SABELITA.—¡Bárbaro!
CARA DE PLATA.—¡Cuando me veas aparecer, no grites!
SABELITA.—¡Pero para ti no hay honestidad!
CARA DE PLATA.—¿Y qué sucedería, si esta noche entrase en tu alcoba?
SABELITA.—¡Cómo te gusta cavilar en el pecado! Y no me das miedo, Carita de Plata... Pero si me quieres, quiéreme honesta.

DON JUAN MANUEL MONTENEGRO, *con la escopeta y el galgo, rufo y madrugador, aparece por el huerto de frutales, y se detiene en la cancela. Es un hidalgo mujeriego y despótico, hospitalario y violento, rey suevo en su Pazo de Lantañón.*

EL CABALLERO.—Cara de Plata, deja la buena compañía, y ven a rendir tu cuenta. Ayer te esperaba. ¡Muy largo se ha vuelto el camino de Viana!
CARA DE PLATA.—Tuve el caballo con un torzón.
EL CABALLERO.—Mandé en tu busca, para hacer en el monte recuento del ganado, y poner el hierro a los novillos del año. Tus hermanos allá están. El ganado más lucido hay que bajarlo a la feria de Viana. Irás con tus hermanos mayores, que ellos están caídos en picardías de

chalanes... Pero el dinero lo guardas tú. Espero que no te lo juegues como suelen hacer los otros Barrabases.

CARA DE PLATA.—Nadie está libre de una tentación.

EL CABALLERO.—Pues si eres tentado, procura ganar, y si pierdes, no te aparezcas ante mis ojos.

CARA DE PLATA.—Lo tendré presente.

DON JUAN MANUEL *le mira con enojo risueño: Siente por aquel hijo una afección indulgente y ruda. El gentil mancebo está en pie delante de su padre, la boca seria y un alegre ímpetu en el verde cristal de los ojos.*

EL CABALLERO.—¿Queda en buena salud tu madre?

CARA DE PLATA.—Sí, señor.

EL CABALLERO.—¿Qué hace?

CARA DE PLATA.—Lo de siempre: Novenas.

EL CABALLERO.—¡Aquí me tiene abandonado!

CARA DE PLATA.—De algo parecido se duele mi madre allá en Viana.

EL CABALLERO.—Son sus romances. ¿Y ahora sepamos qué historia es esa con que me ha venido Pedro Rey?

CARA DE PLATA.—Se le fue al río una vaca brava, y me tiré a salvársela.

EL CABALLERO.—No son esas mis noticias. Parece ser que tú has montado sobre la vaca, y que contigo encima se sumergió y tragó tanta agua, que ha muerto bajo el puente.

CARA DE PLATA.—No ha muerto. Está para morir.

EL CABALLERO.—Pedro Rey pretende que yo le pague la res. Ya le he dicho que me la traiga viva o muerta. Quiero proponerle un cambio.

CARA DE PLATA.—Le roba a usted el dinero. Cuando yo me tiré al río, la vaca estaba ahogándose. No se la pague usted.

EL CABALLERO.—No hablé de pagársela. Quiero proponerle un cambio: Que me deje la res, y cargue contigo. ¿Te parece bien?

CARA DE PLATA.—Yo soy un hijo obediente.

EL CABALLERO.—Hablemos en veras. ¡Yo querría que tú fueses un caballero que respondiese en todo a las obligaciones de su sangre!

CARA DE PLATA.—Ya correspondo, padre.

EL CABALLERO.—Tus hermanos te pervierten con sus malos ejemplos. Escúchame. No te pido que seas un santo, cada edad reclama lo suyo, pero no olvides las obligaciones de tu sangre, como hacen los otros perversos.

El linajudo acabó de hablar con un gran suspiro, los brazos sobre los hombros del mancebo, que pronto y liberal se arranca y besa la mano del viejo.

CARA DE PLATA.—Padre, yo aquello que hago, bueno o malo, lo hago sin consejo.

EL CABALLERO.—Pues ahora, sube al monte, y cumple con arreglo a mis órdenes.

CARA DE PLATA.—Amén. ¿A qué hora se fueron mis hermanos?

EL CABALLERO.—Con el alba.

El hermoso segundón desata el caballo, que piafa atado en la sombra del rudo arco de piedra, cabalga de un salto y sale al galope, bajo la mirada orgullosa del viejo genitor. En lo alto de la solana, rubia como una espiga, infantil y risueña, está la ahijada del Vinculero.

SABELITA.—¡Que tengas sentido, Carita de Plata!

CARA DE PLATA.—Por ti lo pierdo.

EL CABALLERO.—¿Te enamora mi rapaz?

SABELITA.—Son ventoleras.
EL CABALLERO.—¿De qué te hablaba?
SABELITA.—¿Cuándo?
EL CABALLERO.—Hace un momento.
SABELITA.—¡Ya ni recuerdo de qué me hablaba!
EL CABALLERO.—¿Y lo que tú le respondistes, tampoco?
SABELITA.—Yo no le escuché.
EL CABALLERO.—No eres tú para él.
SABELITA.—Tampoco lo pretendo.
EL CABALLERO.—Tú eres para más.
SABELITA.—Yo soy para llorar muchas penas.
EL CABALLERO.—¿Quién puede dártelas?
SABELITA.—Quien lo da todo.
EL CABALLERO.—Cuando se es joven, no hay penas. A mí todas me acudieron de viejo... ¡Y no caigas con mi rapaz!
SABELITA.—Si no le escucho, padrino.
EL CABALLERO.—¡Como yo tuviese diez años menos!
SABELITA.—Yo no los quería, diez años menos.
EL CABALLERO.—¡Yo sí! Para hacerte levantar los ojos. ¡Maldita costumbre de monja, tenerlos siempre por tierra!

En el lindero del atrio, aúlla con tuertos visajes, un mendigo alunado.—Aquel FUSO NEGRO, *roto, greñudo y cismático, que lleno de guijarros el bonete, corría los caminos entre Lugar de Condes y Lugar de Freyres.*

FUSO NEGRO.—¡Touporroutóu! ¡Se juntó una tropa de hirmandiños! ¡Touporroutóu! ¡Para acá viene! ¡La Torre entre todos nos han de quemar! ¡Touporroutóu!

FUSO NEGRO *se esguinza con una espantada, sacando la lengua. Una nalga negruzca le palpita entre girones de remiendos. ¡Touporroutóu! De pronto se vuelve, y comienza a bailar, trenzando las piernas. ¡Touporroutóu!*

ESCENA TERCERA

Entre Lugar de Condes y Lugar de Freyres, el Pazo de Lantañón.—Brañas, castañares, agros de pan.—Lugar de Condes en el abrigo de la iglesia, y cavado en el monte Lugar de Freyres. La Puente de Lantañón, reina en medio: A uno y otro lado son orgullosas entradas, arcos barrocos con escudos y cadenas. Por los pretiles, en los claros ojos de la mañana, se estrecha una punta de vacas, con el sol en las astas. Y contra el sol, rostro al monte, viene al galope CARA DE PLATA. *Le saluda placentera la voz del* VIEJO DE CURES.

EL VIEJO DE CURES.—¡Galán Vinculero! ¿Es verdad que al presente está privado el tránsito?

CARA DE PLATA.—Es verdad.

EL VIEJO DE CURES.—¿Y hemos de llevar el ganado por la vuelta del río, y pasar la barca, al ir y al volver de esta gran feria de Viana?

CARA DE PLATA.—Así es la sentencia.

EL VIEJO DE CURES.—A duras leyes, jueces clementes, dice el saber de los antiguos.

CARA DE PLATA.—Mi padre se cansó de ser clemente.

EL VIEJO DE CURES.—¡A lo menos fuéranos permitido el tránsito para estas ferias anuales del Corpus! ¡A lo menos fuéranos eso concedido, que según luces de curiales, es lo que vinieron gozando los pasados!

CARA DE PLATA.—Eso os daba mi padre, y fuisteis al pleito.

EL VIEJO DE CURES.—Los de Cures no fuimos. En ese referente está engañado el Señor Mayorazgo. Yo soy el árbol de más años. Contando los hijos y nietos casados, suben de treinta las puertas donde puede morar Quinto Pío. ¡Así es! Y por más señalado, Quinto de Cures. Cristiano viejo, aun cuando en los días presentes, no se reconoce diferencia entre nuevos y viejos. ¡Así es! Hoy no queda por esta tierra otro judío, que el inglés de los Evangelios.—Pues era aquel decir, que no pleiteamos los de Cures.

CARA DE PLATA.—Pero fuisteis de testigos falsos.

CLAMOR DE LOS VAQUEROS.—¡Está mal informado! ¡No somos de esa condición! ¡Le inclinaron en contra las orejas!

EL VIEJO DE CURES.—¡Sangre de Montenegro, el tránsito a todos nunca podrá quitarse! Es la costumbre del tiempo de los viejos, y las costumbres hacen la ley. Los de Cures no seremos rebeldes, y de hoy más caminaremos por la vuelta. ¡Así es! Pero aquel jinete que viene trotando, no quedará sin paso. El mismo rey, ante otros reyes baja la espada.

CARA DE PLATA.—Viejo de Cures, si no pasan los que caminan a pie, no pasarán los que vienen a caballo.

EL VIEJO DE CURES.—¡Así cumplía!

CARA DE PLATA.—Y así es la doctrina de mi padre.

EL VIEJO DE CURES.—¡Amén! Nieves paternas para el hijo espejos. ¡Así es! Y grillos de bronce sus mandamientos.

EL VIEJO *con la vara en alto, hace retroceder el tropel de sus vacas que entrechoca las cuernas, entornado por las voces y las picas de tantos hijos y nietos, sangre de Quinto de Cures. Y aquel negro jinete que sobre el sol llega trotando, es el* ABAD *de San Clemente de Lantañón.*

CARA DE PLATA.—¡Señor Abad, tuerza el caballo!
EL ABAD.—¿Pues qué ocurre?
CARA DE PLATA.—Señor Abad, que no hay vereda.
EL ABAD.—¡Joven Absalón, no me detengas con chanzas, que voy apremiado para encaminar un alma en Lugar de Freyres.
CARA DE PLATA.—¡Ojalá fueran chanzas!
EL ABAD.—¡Mal vino traes, tunante!
CARA DE PLATA.—¡No lo he catado!
EL ABAD.—¡Apártate, y déjame camino!
CARA DE PLATA.—¡No puedo!
EL ABAD.—¡Considera, bárbaro, la afrenta que haces a mi tonsura!
CARA DE PLATA.—No es afrenta, sino justicia que debo a Quinto de Cures. ¡Si no pasan los que vienen a pie, no deben pasar los que vienen a caballo!
EL ABAD.—Deja las burlas para otra hora, que la muerte no espera.
CARA DE PLATA.—Pues habrá que romperle una pata.
EL ABAD.—Apártate, grandísimo renegado. Ya te he dicho que voy a encaminar un alma. ¡Apártate en nombre de Dios!
CARA DE PLATA.—¡No puedo!
EL ABAD.—¡Muchacho! ¡En ti está revestido Satanás!
CARA DE PLATA.—Hoy me santiguó con el rabo.
EL ABAD.—¡Mira lo que haces!
CARA DE PLATA.—Mirado está.
EL ABAD.—Que no soy un rapaz de tus años, y esas burlas tampoco están bien con un ministro del Señor.

CARA DE PLATA.—Mi padre ganó el pleito, y hace valer la sentencia, Señor Abad.

EL ABAD.—¡Quijoterías! Conmigo no reza esa sentencia.

CARA DE PLATA.—Con usted y con el mismo Rey.

EL ABAD.—¡Quijoterías! En Lantañón guardais una paloma de mi palomar. ¡Tenlo presente!

CARA DE PLATA.—¡No lo había olvidado!

EL ABAD.—¡Iré por ella!

CARA DE PLATA.—¡Ya lo sé!

EL ABAD.—Hazle la cruz.

CARA DE PLATA.—Se la hago.

EL ABAD.—Veremos si tu padre autoriza este escarnio.

CARA DE PLATA.—El paso para todos o para ninguno. Mi padre no puede dar otro ejemplo.

EL ABAD.—¡Sacrílego, considera que un pecador espera la absolución! ¡Que está en trance de muerte! ¡Que entregas un alma al Infierno! ¡Que incurres en pena de excomunión!

CARA DE PLATA.—¡Todo lo considero!

EL ABAD.—¿Y te condenas tan impávido?

CARA DE PLATA.—¡Si no hay otro remedio!

VOCES REMOTAS.—¡Es camino del Rey! ¡El paso es libre! ¡Libre es el paso! ¡No hay ley que lo cierre!

CARA DE PLATA.—¡Venid a ganarlo!

EL ABAD *vuelve grupas y pone espuelas. Sobre los roquedos, ágiles siluetas pastoriles gritan agitando los brazos, y esparcidos rebaños pacen en torno: Voces y ladridos se prolongan y encadenan por la quebrada.*

ESCENA CUARTA

EL ABAD *de Lantañón con escolta de chalanes y boyeros, entra por la verde Quintana de su iglesia, y ante el portón de la Rectoral, descabalga.* BLAS DE MÍGUEZ, *el sacristán, acude a tenerle el bridón de la montura. Tumulto de voces quiebra el verde y aldeano silencio. El tonsurado esquivo y sin hablar palabra, se mete por las puertas de la sacristía. Negro, zancudo, angosto, desaparece en la tiniebla de arcones y santos viejos. A poco retorna, y en el quicio de la puerta hace disimulo de no mirar a los chalanes, atento al tempero. Disputa el tropel de feriantes, y se mueven las picas entre gritos y gestos. De pronto, sobre el patín de la Rectoral, aparece una dueña pilonga, muy halduda, que con la rueca en la cinta tuerce el huso y escupe en el dedo. Es* DOÑA JEROMITA, *la hermana del* ABAD.

DOÑA JEROMITA.—¡Jesús, con las voces! ¡Pues aunque estuvieseis a la puerta de un ventorrillo! ¡No habléis todos a una, selváticos! ¡Hermano, ponga paz!

EL ABAD.—No me sale del bonete.

DOÑA JEROMITA.—¡Ave María!

EL ABAD.—¡Mi tonsura ha sido ultrajada por un carajuelo!

EL ABAD *vuelve a entrarse por la puerta de la sacristía.* BLAS DE MÍGUEZ *le sigue sonando las llaves de la iglesia.* DOÑA JEROMITA, *con la rueca en la cintura y los brazos en aspa, baja la escalera del patín.*

DOÑA JEROMITA.—No habléis todos a una. ¡Ay, Dios, que me entere! ¿Con quién tuvo mi hermano ese mal encuentro?

SEBASTIÁN DE XOGAS.—Con un hijo del Mayorazgo.

DOÑA JEROMITA.—¡Si aún somos parentela!

PEDRO ABUIN.—En Lantañón no saben de parentescos. Allí todo es fuero y altanería.

DOÑA JEROMITA.—¿Es que volvéis a cuestionar el paso por los arcos? ¡Cuándo tendrá fin ese pleito!

MANUEL TOVIO.—Lo heredarán nuestros hijos.

DOÑA JEROMITA.—¿Cómo ha mediado el Abad?

MANUEL TOVIO.—El Señor Carita de Plata le negó la vereda, cuando iba a encomendar un alma.

DOÑA JEROMITA.—¡Qué sacrilegio! ¿Y vosotros aquí qué buscáis?

PEDRO ABUIN.—La cabeza que nos acaudille.

DOÑA JEROMITA.—¿A mi hermano?

PEDRO ABUIN.—Justamente. ¡No es otro mi clamor!

SEBASTIÁN DE XOGAS.—Y el nuestro por el igual. No eres tú el solo. Tú eres uno como los más, y no te pongas el primero. El clamor de todos es tener por cabeza a nuestro Abad.

EL ABAD, *negro y escueto, reaparece en la puerta de la sacristía, con el Breviario entre las manos. La tropa de chalanes y boyeros queda silenciosa, esperando que hable, y la dueña pilonga, con la rueca en la cinta y el huso bailándole al flanco, se espanta en el ruedo del halda, los brazos abiertos, aspadas las manos.*

EL ABAD.—¿Qué esperáis?

SEBASTIÁN DE XOGAS.—Su resolución esperamos.

EL ABAD.—Y yo espero a saber si sostiene la mala acción del hijo, el viejo Montenegro.

DOÑA JEROMITA.—¡Ay, hermano, para este sofoco le hará bien sangrarse! ¡Por la Virgen, diga, cómo ocurrió ese desavío?

EL ABAD.—¿Qué preguntas, si estás enterada?

DOÑA JEROMITA.—¡Jesús mil veces! ¿Y ha sido con Carita de Plata?

EL ABAD.—Con ese Luzbel.

DOÑA JEROMITA.—¡Estaría alumbrado!

EL ABAD.—¡Maldita casta!

DOÑA JEROMITA.—¡Ay, hermano, no la reniegue, que aun nos alcanza una gota de esa sangre! ¡Recuerde que demora nuestra sobrina bajo las tejas de Lantañón! ¡Que allí la criaron!

EL ABAD.—Pues la sacaré de esa cueva. Si el padre autoriza la violencia del hijo, romperé para siempre las amistades.

DOÑA JEROMITA.—¡Por el padre, pongo en la lumbre las manos! No me extrañaría de los otros bigardotes, pero sí de Carita de Plata. Ya sabe cómo anda enamorado.

EL ABAD.—¡Alma de Lucifer!

DOÑA JEROMITA.—De cierto que estaba bebido.

EL ABAD.—¡Si como iba a encomendar un alma, hubiera llevado el Santolio!

DOÑA JEROMITA.—¡Jesús, mil veces!

EL ABAD.—¡Condenado! ¡Irremisiblemente condenado!

PEDRO ABUIN.—¡Señor Abad, póngase, como es ley de justicia, a la cabeza de sus feligreses!

EL ABAD.—Ya os he dicho que espero.

SEBASTIÁN DE XOGAS.—Viene a significarse que su consejo es la prudencia.

EL ABAD.—Yo espero, espero, espero.

SEBASTIÁN DE XOGAS.—Y a todos nos conviene ese parigual, en tanto transcurren estas grandes ferias de Viana. Después se verá.

PEDRO ABUIN.—Todo es visto. Hay que meter los ganados por Lantañón. ¡Hay que meterlos y venga lo que venga!

SEBASTIÁN DE XOGAS.—Pedro Abuin, no hay cordura donde falta prudencia. ¿Cuál viene a ser el consejo de nuestro Abad?

EL ABAD.—Yo no he dado ningún consejo. Cada uno es libre de reclamar como mejor le cuadre, por la mala o por la buena.

RAMIRO DE BEALO.—El Señor Mayorazgo, si le rogamos, mudará de idea. Hay que esperar una virazón de su genio.

DOÑA JEROMITA.—Pues id a verle.

PEDRO ABUIN.—Otros fueron y solamente sacaron malos textos.

EL ABAD.—Pues yo iré y no me los dirá.

SEBASTIÁN DE XOGAS.—Por levantado que sea, tiene que respetar la corona.

EL ABAD.—Me la arranco.

DOÑA JEROMITA.—Muera el cuento.

EL ABAD.—Jeromita, saca un jarro de vino para que estos amigos se refresquen. Yo voy a rezar mi breviario.

EL ABAD *signándose deprisa, y paseando a la sombra del muro, comienza el rezo canónico. La tropa de chalanes se reparte por el murete de la quintana, en espera del jarro de mosto. Era famoso el vino de la Rectoral.*

ESCENA QUINTA

El atrio de limoneros en el Pazo de Lantañón. DOÑA JEROMITA *aparece sobre un borriquillo con jamugas, saltante al trote titiritero, bien repartido por los bastes el vuelo de su falda y el manto con alfileres.* BLAS DE MÍGUEZ, *el sacristán, que viene como espolique, azota el anca del borriquillo con una vara de verde avellano. Entran por el gran arco feudal con escudos y cadenas. La dueña pilonga descabalga en un poyo, tapándose las canillas, y el sacristán, con los brazos abiertos, está atento, sin tocarla, respetando aquella honesta pulcritud de abadesa.*

DOÑA JEROMITA.—¡Jesús, mil veces!

EL SACRISTÁN.—¡Solamente falta que nos echen los perros!

DOÑA JEROMITA.—¡No me sobresaltes!

EL SACRISTÁN.—Pues otra cosa no sacamos, Doña Jeromita.

DOÑA JEROMITA.—Eso ha de verse.

EL SACRISTÁN.—Hay que considerar que venimos dos ovejas contra un lobo. ¡Dos cativas ovejas!

DOÑA JEROMITA.—No me quites ánimo, con esos romances.

EL SACRISTÁN.—Este era pleito para el Señor Abad.

DOÑA JEROMITA.—Son genios iguales mi hermano y el Mayorazgo.

EL SACRISTÁN.—¡Pues mismamente! A un fiero, otro fiero.

DOÑA JEROMITA.—De un acaloro entre hombres, hasta puede sobrevenir un patíbulo.

EL SACRISTÁN.—¡Si así se considera!...

DOÑA JEROMITA.—Yo creo que me oirá el viejo Montenegro.

EL SACRISTÁN.—Para mi cuenta era mejor no haber venido, y esperar una virazón.

DOÑA JEROMITA.—Pero en el ínterin no puedo dejar a mi sobrina bajo estas tejas.

EL SACRISTÁN.—Ni por malas ni por buenas entrega a la paloma el Mayorazgo. ¡Como a hija la tiene!

DOÑA JEROMITA.—La ley me ampara.

EL SACRISTÁN.—Se ríe de leyes el Vinculero.

DOÑA JEROMITA.—¡Jesús mil veces!

SABELITA *aparece por la sombra de los limoneros: Canta la nota popular y dramática del hábito morado, en la penumbra verde: Tiene la niña esa expresión triste que tienen las dalias en los floreros. Viendo a la dueña pilonga, corre a ella.*

SABELITA.—¿Ocurre algo, mi tía?

DOÑA JEROMITA.—¿Nada sabes?

SABELITA.—¡Nada!

DOÑA JEROMITA.—Te mandé un aviso.

SABELITA.—Pues no ha llegado.

DOÑA JEROMITA.—Vengo para llevarte. Disponte.

SABELITA.—¿Qué sucede?

DOÑA JEROMITA.—A tu tío, cuando iba a encomendar un alma, se le opuso como un ángel rebelde el malvado Carita de Plata.

SABELITA.—¡Santísimo Señor!

DOÑA JEROMITA.—Y vengo para llevarte.

SABELITA.—¿Mi padrino lo sabe?

DOÑA JEROMITA.—Si lo sabe y lo consiente, vamos a ponerlo de manifiesto.

SABELITA.—¿El tío cómo queda?

DOÑA JEROMITA.—Hubo precisión de sangrarlo.

SABELITA.—¡Ay, Dios! ¿Y me llevan para siempre?

DOÑA JEROMITA.—Para siempre será, si tu padrino no contralleva la mala acción de ese Barrabás.

SABELITA.—¡Cara de Plata!... ¡Vena de loco! ¡Alma de trueno!

DOÑA JEROMITA.—¡Un condenado!

SABELITA.—No es malo, aunque lo parece.

DOÑA JEROMITA.—¡Un réprobo!

SABELITA.—Escuche mi tía: No se entreviste con el padrino.

DOÑA JEROMITA.—¿Qué recelas?

SABELITA.—Vuélvase a la Rectoral.

DOÑA JEROMITA.—Y tú conmigo.

SABELITA.—Tenga espera, mi tía. ¡No me lleve!

DOÑA JEROMITA.—¡Ya estás llorando! ¡Guardas a los tuyos menos ley que a estos Judas!

SABELITA.—¡Me criaron!

DOÑA JEROMITA.—¡Rebélate contra tu sangre! ¡Quédate!

SABELITA.—¡No me rebelo!

DOÑA JEROMITA.—¡Jesús, mil veces! ¡Seca esas lágrimas, no quiero verlas!

SABELITA.—Acaso... No sé... Cara de Plata, si yo le hablase... Porque él no es malo.

DOÑA JEROMITA.—¡Perverso!

SABELITA.—¿Pero cómo le hablo?

DOÑA JEROMITA.—¡Jesús, mil veces! ¿Responde, niña, qué media entre vosotros?

SABELITA.—¡Nada!

DOÑA JEROMITA.—¿No es tu cortejo?

SABELITA.—¡Inventos!

DOÑA JEROMITA.—¿Lo jurarías?

SABELITA.—¿Para qué me pregunta, si luego no me cree?

DOÑA JEROMITA.—¿Y el propósito de mediar con ese descomulgado, qué representa?

SABELITA.—Una idea que me acudió.

DOÑA JEROMITA.—Tendrá algún fundamento.

SABELITA.—Que desagraviase al tío.

DOÑA JEROMITA.—¿Esa esperanza tienes?

SABELITA.—No sé.

DOÑA JEROMITA.—¿Tanto es tu influjo sobre ese Satanás?

SABELITA.—¡Pobre de mí! Me acudió esa idea.

DOÑA JEROMITA.—¿Sin fundamento?

SABELITA.—Sin fundamento.

DOÑA JEROMITA.—¡Hazle la cruz, niña! ¡Hazle para siempre la cruz a ese malvado, y lo que tengas en el corazón sepúltalo bajo siete estados de tierra! Disponte a seguirme.

SABELITA.—Ay, mi tía, tenga espera.

DOÑA JEROMITA.—¡Y tú miramiento!

SABELITA.—Todo puede arreglarse.

DOÑA JEROMITA.—A eso vengo. ¿Dónde mora tu padrino?

SABELITA.—¡Ay, mi tía, no le hable, no le vea!

DOÑA JEROMITA.—¿Qué temes?

SABELITA.—¡Su genio altivo!

DOÑA JEROMITA.—¡No me sobresaltes!

SABELITA.—¡Mi padrino es un rey!

DOÑA JEROMITA.—Pues yo seré una reina. Me veré con ese lobo cano, para saber si ampara la mala acción de su lobezno.

SABELITA.—¡Ay, mi tía, si está por llevarme, lléveme sin que me vea! ¡Sin que lo sepa!

DOÑA JEROMITA.—¡Jesús, mil veces! ¡Pronto mudaste! ¡Declara tu recelo!

SABELITA.—¡Pudiera oponerse!

DOÑA JEROMITA.—¡La ley me ampara! Me veré con tu padrino, y a sus palabras corresponderán mis procederes.

SABELITA.—¡El padrino!

DOÑA JEROMITA.—Déjale llegar.

SABELITA.—No cuestione, mi tía.

DOÑA JEROMITA.—Ponte a mi vera.

EL MAYORAZGO, *al salir por la puerta de su Torre, se ha detenido en la gran sombra de piedra.* BLAS DE MÍGUEZ, *el sacristán, salta y gime al flanco del linajudo, que le prende de una oreja con mofa feudal, cercado de perdigueros y galgos.*

EL CABALLERO.—Este chupa cirios me ha traído una embajada.

EL SACRISTÁN.—¡Por tu santo servicio lo hice, Jesús Crucificado!

DOÑA JEROMITA.—¡Entrometimientos, Blas!

EL SACRISTÁN.—¡Ay, que me rachan la ropa los canes!

DOÑA JEROMITA.—Por tener el pico largo.

EL SACRISTÁN.—¡Quise evitar una guerra civil! ¡Ay, que la ropa los canes me rachan!

SABELITA.—¡Suéltele, padrino, que está espantado!

EL SACRISTÁN.—¡Ay, mi ropa rachada!

EL CABALLERO.—¡Calla, maldito, que aún no te llegan a las carnes!

DOÑA JEROMITA.—¡Jesús, mil veces!

EL SACRISTÁN.—¡Más me duele la ropa que las carnes!

El Caballero.—Eres un filósofo.

El Sacristán.—¡Un pobre desamparado!

El Caballero.—Entra en la cocina, y ampárate con un jarro de vino.

El Sacristán.—¡Ay, mi ropa rachada!

El Sacristán, *renqueando, éntrase por el enlosado zaguán, y en la sombra sonora del arco, ríe con su ruda risa feudal, el viejo* Montenegro.

Doña Jeromita.—¡Qué genio fanático!

El Caballero.—¿Cómo queda mi amigo el clérigo?

Doña Jeromita.—Con arrebato de sangre, pienso que lo sabe.

El Caballero.—Siempre ha sido en la mesa un templario.

Doña Jeromita.—¡Jesús, mil veces! Otra causa motiva su achaque, y es el oprobio que le hizo un vástago de esta casa.

El Caballero.—Ya conozco ese pleito.

Doña Jeromita.—¿Y cómo lo sentencia?

El Caballero.—¡No puedo romper la vara de juez que me ha puesto en la mano el Diablo!

Doña Jeromita.—¡Jesús, mil veces!

El Caballero.—No puedo dar ese mal ejemplo en mi casa.

Doña Jeromita.—Y da otros peores.

El Caballero.—¡Conforme! Pero este no puedo darlo.

Doña Jeromita.—¡Jesús, mil veces! ¿Quiere decirse que sostiene la herejía de su rapaz?

El Caballero.—Estoy obligado.

Doña Jeromita.—¿Sabe bien lo que hizo?

El Caballero.—Y lo lamento.

DOÑA JEROMITA.—¿Entonces, por qué lo sostiene, y rompe así las amistades?

EL CABALLERO.—¡Yo no las rompo! Pero tengo que llevar recta mi vara.

DOÑA JEROMITA.—Tarde o temprano habrá de doblarla.

EL CABALLERO.—No lo esperes. Conozco el propósito que traes. Sé a lo que vienes.

DOÑA JEROMITA.—¿Y qué dice?

EL CABALLERO.—¡Nada!

DOÑA JEROMITA.—¡Algo dirá!

EL CABALLERO.—¡Nada!

DOÑA JEROMITA.—¡No extrañará que le reclame la oveja de mi corte!

EL CABALLERO.—No lo extraño.

DOÑA JEROMITA.—¿No se opondrá a entregármela?

EL CABALLERO.—¡No me opongo!

DOÑA JEROMITA.—Puestas en discordia las familias, hasta por miramiento me cumple reclamar la sobrina. ¿No lo estima de esa conformidad?

EL CABALLERO.—¡Un rayo te parta!

DOÑA JEROMITA.—¡Jesús, mil veces!

SABELITA.—¡Adiós, piedras de Lantañón!

DOÑA JEROMITA.—¡Seca prontamente esas lágrimas!

EL CABALLERO.—No llores, niña. Tú volverás, que el tiempo es mudanza.

DOÑA JEROMITA.—Y muerte también.

EL CABALLERO.—También.

DOÑA JEROMITA.—Y castigo.

EL CABALLERO.—¡Acaso! Acércate, ahijada.

DOÑA JEROMITA.—Bésale la mano a tu padrino, y vamos caminando.

EL CABALLERO.—¡No llores, niña! Comprende que no puedo torcer mi vara.

SABELITA.—No la fuerza. ¡Adiós para siempre, padrino!

EL CABALLERO.—Para siempre, no. Tú volverás.

SABELITA.—¡Quién sabe!

EL CABALLERO.—¡Si Dios no lo quiere, lo querrá el Diablo!

BLAS DE MÍGUEZ *sale por la puerta de la Torre con un jarro de vino, borracho y bailando. La vieja pilonga se espanta en el ruedo de su falda, y renueva la risa el viejo linajudo, mientras halaga blandamente la cabeza de la niña, que se arrodilla para besarle la mano. En la penumbra verde de los limoneros, la nota morada es un grito dramático.*

JORNADA SEGUNDA

ESCENA PRIMERA

Viana del Prior: Fue villa de señorío, como lo declaran sus piedras insignes: Está llena de prestigio la ruda sonoridad de sus atrios y quintanas: Tiene su crónica en piedras sonoras, candoroso romance de rapiñas feudales y banderas de gremios rebeldes, frente a condes y mitrados. Viejas casonas, viejos linajes, pergaminos viejos, escudos en arcos, pregonan las góticas fábulas de la Armería Galaica. ¡Viana del Prior! Feria renombrada en la Octava del Corpus. Nunca faltan lusos y castellanos.—Un campo verde con robledo. Velarios. Gentío. Ganados. Vistosos tendales. Portugueses talabartes, jalmas zamoranas, pardas estameñas. En las bayetas de los refajos cantan amarillos, verdes y granas. El azul en las calzas, y en los recortes del sayo. Tenderetes de espejillos, navajas y sartales, fulgen al sol, y bajan en dos carreros por la cuesta enlosada con prosapia romana, y aun trasponen el arco que comunica la iglesia de un convento y un palacio. Bajo grandes parasoles, tienen el tabanque tunos buhoneros que el barato y la suerte pregonan, y con arte gitana engañan a los maravillados aldeanos. Ciegos y lazarillos cantan sus romances.

UN PREGÓN.—¡El Ciprianillo! ¡Libro para toda casa y persona!

OTRO.—¡Sanguijuelas de la Limia! ¡Sanguijuelas!

OTRO.—¡El zamorano! ¡Lienzos y mantas!

EL MARAGATO.—¡Mal rayo te parta, Lucero! ¡Soo!...

PICHONA LA BISBISERA.—¡A cuarto la suerte! ¡Rosarios, naipes, verduguillos, alfileres! ¡A cuarto rabelo!

Frente al mesón, un labriego cetrino y endrino, con hábito de ermitaño, salmodia la confesión de su vida, si ahora penitente, antes disipada. Pecado, sangre y candor de milagro.

EL PENITENTE.—¡Mirad aquí el ejemplo de un calificado pecador, que por señales y presagios fue amonestado para que se apartase de la vida de juego y mujeres!

PICHONA LA BISBISERA.—¡Agua de rosas para los ojos! ¡Petaquillas del presidio de Ceuta! ¡A la rueda del biribís, que a todos contenta! ¡Amigos, ya desconocéis a Pichona la Bisbisera! ¡A cuarto la suerte! ¡A cartiño rabelo!

EL CIEGO DE GONDAR.—¡Se cansa la boca de cantar! ¡Se cansa el pie de bailar! ¡Se cansa el hombre de picar en la misma mujer! ¡Y los ojos nunca cansos en su aquel de mirar y contemplar!

Sonora de feudo y espuela una tropa de seis jinetes, galanes achalanados, entra por la Quintana y a la puerta del mesón descabalga. Son CARA DE PLATA *y sus hermanos,* DON PEDRO, DON ROSENDO, DON MAURO, DON GONZALO *y* DON FARRUQUIÑO, *el menor de los seis, que luce tricornio y beca, perdurables divisas de los colegiales en el seminario de Viana del Prior. Con las varas golpean la puerta, y reclaman al mesonero. Acude* LA COIMA.

La Coima.—¿Qué se ofrece?

Cara de Plata.—Apronta un jarro.

La Coima.—¿Del Ribero, o de la tierra?

Don Pedrito.—Sea moro, y sea del infierno.

La Coima.—Todo él es moro.

Don Mauro.—¡Un jarro de cada cual, Marela!

La Coima.—Don Mauro falló el pleito.

Don Rosendo.—Sobra el de la tierra donde está el Ribero.

El Maragato.—¡Buenos mostos, en Castilla!

Don Pedrito.—A los mostos castellanos, los mata el gusto a la corambre.

El Maragato.—No lo cuento yo como tacha.

Don Farruquiño.—Cada vino reclama su sacramento. Rueda blanco, propio para acompañar una tortilla de chorizos. Espadeiro de Salnés, bueno para refrescar en el monte, o en un romería o en un juego de bolos. Ribero de Avia, para las empanadas de lamprea y las magras de Lugo. Cada vino tiene su correspondencia en la vida, igual que todas las cosas. El mundo es armonía y concierto pitagórico. ¡Y nadie me rebata, si no está ordenado de teólogo!

Cara de Plata.—¡Cómo se conoce que andas entre abades!

Fuso Negro, *con su media sotana hecha jirones, al sol una nalga y el bonete lleno de guijarros, blasfema y dogmatiza en el atrio de la iglesia.*

Fuso Negro.—El mundo está para acabarse. ¡Talmente finalizado! ¿Para qué mudar de costumbres y echarse nuevos cargos? ¡Pero me hacían obispo! Hay pocos teólogos, y los pocos que hay, amancebados.

EL CIEGO DE GONDAR.—¡Se cansa la boca de comer! ¡Se cansa el cuerpo de dormir! Solamente los ojos no son cansos en su aquel de mirar.

DON MAURO MONTENEGRO, *un gigante bermejo y atrabiliario, sale del mesón contando dineros. Para abravar su figura se conciertan pica vaquera, espuelas y galgos.*

DON FARRUQUIÑO.—¿Hay juego dentro?
DON MAURO.—Un burlote.
CARA DE PLATA.—¿Quién tira?
DON MAURO.—El Abad de Lantañón.
CARA DE PLATA.—Voy a coparle.
DON MAURO.—Tú le has hecho volver del camino, pero no le harás tirar una sota cargada.
CARA DE PLATA.—Voy a coparle.
DON FARRUQUIÑO.—Es un taumaturgo barajando.
EL MARAGATO.—Juega leal, pero la suerte le favorece.
DON FARRUQUIÑO.—Tira siempre la descargada con dialéctiva escolástica.
DON PEDRITO.—Supiera Teología como sabe amarrarlas...
EL MARAGATO.—No lo he visto, y estuve reparándole cómo barajaba.
CARA DE PLATA.—¡Voy a coparle!
DON PEDRITO.—Todos levantamos una parte. Es dinero de mi padre.
PICHONA LA BISBISERA.—Señor Carita de Plata, mérqueme alguna cosa. Esta gargantilla, que no le faltará a quien regalarla.
CARA DE PLATA.—Para ti es, y no te la pago.

Con las tazas del vino en la mano, penetra en el mesón la tropa de MONTENEGRO. CARA DE PLATA *queda un mo-*

mento suspenso en la puerta, oyendo al mozo penitente y al maragato.

PENITENTE.—Del Demonio revestido, dejé la casa de mis padres y salí a correr mundo. Me junté con malas compañías. Llevé el juego fullero por las ferias, y con una mujer de mala vida pasé mis escándalos. ¡Por muchos caminos fui llamado! ¡Por muchos signos amonestado!

EL MARAGATO.—¡Anda, aparenta cuentos, que con la industria del hábito holgazaneas, y de engaños vives como el Real Gobierno!

PENITENTE.—Hago penitencia por mi salvación.

CARA DE PLATA.—¿De qué eres reo?

PENITENTE.—De muerte. ¡Peor que Caín! ¡Tuve el hacha suspendida sobre la cabeza de mi padre!

CARA DE PLATA.—¿Mataste a tu padre?

PENITENTE.—Espantado de verme, cayó fulminado. ¡Maté a mi padre con el aire del hacha! ¡Bastó mi saña para matarle! Me criaron mis padres con el vicio del hijo único, donde fue la mayor causa de mi perdición. Salí a mozo desenfrenado.

CARA DE PLATA.—¿Cómo te llamas?

PENITENTE.—¡Maldito me llamo! ¡Mala intención! ¡Mal pensamiento! ¡Negro Infierno! ¡Reo de Satanás!

CARA DE PLATA.—Embustero.

Gracioso en el desagravio, deja una moneda de plata en la mano del pordiosero, al tiempo que la palabra en el aire. Y entra por el mesón con gentiles pasos, llevándose al hombro las jalmas del caballo.

FUSO NEGRO.—Celos con rabia a la puerta de la casa. Matas a tu padre y libras del verdugo. ¡Touporroutóu! Ese sí que es milagro del Diablo. ¿Tenéis conocimiento?

¡Bueno! ¿Te saludas con ese sujeto? Ahora está publicado su gobierno sobre el mundo. El clero lo pasará mal, y las putas beatas, todas en camisa irán a una hoguera.

EL MARAGATO.—¡Si no repelan al Diablo!

FUSO NEGRO.—¿Sabes quién soy? ¿Los estudios que tengo? ¿Te pones conmigo? ¡No te pongas que saldrás perdiendo! ¡Todo anda mal! El mundo visto es como está descaminado. Entre un viernes y un martes se escachiza en mil pedazos.

UN PREGÓN.—¡El Ciprianillo! ¡Libro para toda casa y persona!

OTRO.—¡Sanguijuelas de la Limia! ¡Sanguijuelas!

PICHONA LA BISBISERA.—¡Agua de rosas para los ojos! ¡Petaquillas del presidio de Ceuta! ¡A la rueda del biribís que a todos contenta! ¡A cuarto la suerte! ¡A cartiño rabelo!

ESCENA SEGUNDA

Un huerto con parral, a espaldas de la venta. Trajinantes, arrieros, maragatos, chalanes y rufos clérigos, en una rinconada, tiran al naipe, el juego clásico de las ferias españolas, gallos y albures que dicen los doctos.

EL ABAD DE LANTAÑÓN.—¡As en puerta!
EL INDIANO.—Horita quebró juego. Se daban judías.
UN CHALÁN.—¡No he visto eso!
DON FARRUQUIÑO.—¿Quién tenía el corte?
PEDRO ABUIN.—Yo lo tenía. ¿Qué se ofrece?
DON FARRUQUIÑO.—¡Benditas tus manos!
PEDRO ABUIN.—¿Gana usted?
DON FARRUQUIÑO.—¡Indulgencias!

EL ABAD, *lento y socarrón, apila los dineros, peina el naipe y lo pone al corte.* DON MAURO *tiende su brazo de gigante, y el clerigote queda mirándole, con la mano sobre las cartas.*

EL ABAD.—Lo tiene pedido el Capellán de Lesón.
EL CAPELLÁN.—Se lo cedo a Don Mauro.
EL INDIANO.—¡Qué jueguecito, ché! ¡Recién quebró con el rey! ¡Cabrón!

EL VIEJO DE CURES.—Ya lo dijo el refranero: Con maricones y putas, no te metas en disputas. Por sota y rey nunca jures, ni tu dinero aventures.

DON MAURO *soberbio y callado, asesta los ojos sobre el naipe y juega su dinero en un rey.* EL ABAD *acastillado y enjuto, la nariz torcida, la boca dibujada como una boca de piedra, corre la pinta y oficia dramático y lento.*

DON MAURO.—Me quedo a la luna, si ese rey me falla.
DON FARRUQUIÑO.—¡Que te falla!
DON MAURO.—Pues en él voy.
CARA DE PLATA.—¿Qué hay en el monte, Señor Abad?
EL ABAD.—¡Desalmado!
CARA DE PLATA.—¿A cuánto sube?
EL ABAD.—No respondo a preguntas impertinentes.

EL ABAD *habla oscuro, entornando los ojos. Tiene vuelta sobre el tapete la baraja, y encima cruzadas las dos manos.* CARA DE PLATA *sonríe, rubio y bello, apoyado en la pica vaquera, al hombro las jalmas cantándole alegres.*

CARA DE PLATA.—¡Señor Abad, con lo que yo le quiero!
EL ABAD.—¡Tengo los ejemplos!
CARA DE PLATA.—Dígalo el venir a dejarle las vacas paternas. Treinta onzas portuguesas.
EL ABAD.—Estás demente.
CARA DE PLATA.—Quiero que tenga usted de mí un buen recuerdo.
EL ABAD.—¡Desalmado!
CARA DE PLATA.—¿Va usted a ganarme las treinta portuguesas? Yo se las juego.

Audaz y alegre, el hermoso segundón arroja sobre la mesa una bolsa sonora de oro. El tonsurado la sopesa.

EL ABAD.—¿Están aquí?

CARA DE PLATA.—Contarlas puede.

EL ABAD.—No te admito la jugada. Tienes la leche en los labios.

CARA DE PLATA.—No es la edad lo que se tercia.

EL ABAD.—¡Réprobo!

CARA DE PLATA.—Tire usted.

EL ABAD.—Voy a complacerte.

CARA DE PLATA.—Las treinta onzas en la doble, matando la pinta de espadas.

DON MAURO.—Mi carta es el rey.

EL ABAD.—¡Juego! Rey en puerta.

EL INDIANO.—Estaba oyéndonos el pendejo.

CARA DE PLATA.—Palo de espadas. No pierdo ni gano. Sigo en iguales jugando el blanquillo.

DON MAURO.—Recuerda al oráculo de Cures: Con maricones y putas no te metas a disputas.

CARA DE PLATA.—Allá veremos.

EL ABAD.—Aún estás a tiempo de retirarte.

DON FARRUQUIÑO.—¡Cátalo visto! El rey de copas.

CARA DE PLATA.—Esa maldita baraja no tiene más que reyes.

EL ABAD.—Advertido estabas. No dirás que te robo los dineros...

DON MAURO.—Quien eso dice soy yo. Tiene usted la baraja amarrada y tira el pego.

EL ABAD.—¡Insolente atrabiliario!

DON MAURO.—¡Ladrón!

El rojo gigante levanta la bolsa de las treinta portuguesas, y la rueda de jugadores se apasiona y revuelve: Tiene un acento dramático, una ruda correspondencia de voces y ademanes. El tonsurado saca un pistolón. CARA DE PLATA *se interpone y arrebata a su hermano la bolsa.*

CARA DE PLATA.—Ganó el Abad.
DON MAURO.—Con trampa.
EL ABAD.—Goliat, que te abraso.
DON MAURO.—¡Tahúr!
EL ABAD.—¡Judas!

DON MAURO *restalla su vara. El fogonazo de un tiro, charamuscas del taco, olor de pólvora, ladridos, denuestos, espantos.* DON MAURO *pelea por desasirse entre clerigotes y chalanes que le amonestan y traban.* EL ABAD *con la sotana rota y la pistola humeante, caminando de espalda, pega con la puerta del huerto y escapa. Repentinamente se aclara el tropel.* CARA DE PLATA *tiene en la frente el rasguño rojo de una bala, y todo un lado del rostro, negro del fogonazo. Se lava con vino, y sus hermanos, con sorda brama, hacen rueda mirándole.*

ESCENA TERCERA

La verde Quintana de San Clemente de Lantañón, con la Rectoral al flanco, y su ABAD *negro y escueto, que despide a tres viejos ceremoniosos sobre la solana de dorados sillares, regalada y monástica. Capas largas, varas y monteras, los tres viejos se vuelven con un mismo compás, y hacen su genuflexión en la verde Quintana.*

EL ABAD.—¡Dios os acompañe!

SEBASTIÁN DE XOGAS.—¡Con saludiña se mantenga!

EL VIEJO DE CURES.—¡Y el Rey del Cielo nos libre a todos de coléricos y soberbios!

EL DIÁCONO DE LESÓN.—¡Faltan leyes!

EL ABAD.—Y sobran malos jueces.

EL VIEJO DE CURES.—¡Y con ser tan malos, a cuántos pícaros no mandan a la horca! Dejemos el renegar de jueces y sentencias para aquel que no labra un mal ferrado de pan.

EL ABAD.—Caso de ser llamados a declaraciones...

EL DIÁCONO DE LESÓN.—Que no lo seremos...

EL ABAD.—Si el caso llega...

SEBASTIÁN DE XOGAS.—Si llega... ¡Ninguna cosa hemos presenciado!

EL DIÁCONO DE LESÓN.—¡Por mi parte, a lo menos, nada he visto!

EL VIEJO DE CURES.—¡Ni tampoco se pasó cosa que pudiéramos ver!

EL DIÁCONO DE LESÓN.—Esa es la máxima: Ninguna cosa sabemos, ni hemos visto cosa ninguna.

EL VIEJO DE CURES.—Con declarar la verdad, no hay pleito.

EL ABAD.—Escribanos y alguaciles no quiero que por la puerta me vengan.

SEBASTIÁN DE XOGAS.—La Curia es la peor ralea.

EL DIÁCONO DE LESÓN.—¡Va la Ley do quiere el Rey!

SEBASTIÁN DE XOGAS.—Y gobierna el de oros. En el día se llama rey la moneda.

EL VIEJO DE CURES.—¡Abade, con Dios le dejamos!

SEBASTIÁN DE XOGAS.—¡Celebrando no pase el caso a papeles!

EL DIÁCONO DE LESÓN.—¡Montenegros! ¡Bárbaros selváticos!

Se alejan con esta plática dorada de latín, como las piedras de la Quintana. Ya son idos, y grazna EL SACRISTÁN, *que hace la corneja, acechando el ocaso en el arco de las campanas.*

EL SACRISTÁN.—¡El tiempo no tiene duda!

EL ABAD.—Aquellas nubes...

EL SACRISTÁN.—Aquellas se van. Tiempo bueno y seguro.

EL ABAD.—Baja a ponerme sanguijuelas, Blas.

La hermana y la sobrina del clérigo mueven el huso, y en banquillos parejos, sentadas frente a frente, ocupan el quicio de una puerta y gozan de la solana.

DOÑA JEROMITA.—¡Mala ganancia nos trae ese Lucifer!

SABELITA.—¡Alma de trueno!

EL ABAD.—¡Baja, Blas!

EL SACRISTÁN.—¡De cabeza bajo! Sabelita, carabel hermoso, mañana cuadra la misa en San Martiño. ¿Mientras queda un rabo de tarde, quieres llegarte, paloma, a poner paños en el altar y renovar la cera?

DOÑA JEROMITA.—¿También la cera?

EL SACRISTÁN.—Se va con el aire.

DOÑA JEROMITA.—¡Aire excomulgado, que siempre derramas la vela y nunca jamás la apagas!

SABELITA.—¿Dónde guardan ahora la cera?

DOÑA JEROMITA.—En el arca de las tías Pedrayes.

EL ABAD *pasea de un lado al otro, barullando latín sobre el Breviario, negro y escueto en la sotana. Cruza la sobrina con el manojo de cera terciado en los brazos, al abrigo de la mantilla.*

EL ABAD.—¿Adónde vas?

SABELITA.—A Freyres.

EL ABAD.—No te coja la noche.

DOÑA JEROMITA.—Date prisa.

EL ABAD.—¡Me arranco el alzacuello si no le pongo la ceniza en la frente a esa casta soberbia!

DOÑA JEROMITA.—No se acalore, hermano.

EL ABAD.—¡Llevaba el libro de rezos para encomendar un alma, y podía haber llevado la Eucaristía!

DOÑA JEROMITA.—¡Qué espanto!

EL ABAD.—¡Y qué sacrilegio!

DOÑA JEROMITA.—¡Montenegros! ¡Almas negras! ¡Pedernales!

BLAS DE MÍGUEZ *sale por la puerta de la sacristía sonando un llavero.*—BLAS DE MÍGUEZ, *hombre de cuentos y mentiras, la cara de sebo rancio, la boca larga, la encía sin dientes, muy repelado de las cejas, los ojos tiernos, un gran bellaco aquel sacristán de San Clemente.—Sobre la escalera de la solana, el tonsurado le recoge las llaves.*

EL SACRISTÁN.—¡Montenegros! ¡Lobos fieros!

EL ABAD.—¡Yo lo soy más!

EL SACRISTÁN.—¡Mucho hay que serlo!

EL ABAD.—Al cabo humillarán la cabeza, y si no la humillan, condenados al Infierno.

EL SACRISTÁN.—Ya lo están.

EL ABAD.—Lo estarían con dobles cadenas.

DOÑA JEROMITA.—¡Cadenas de llamas y de serpientes!

De cara a la iglesia, un jinete viene galopando: Resalta por negro sobre el sol poniente. DOÑA JEROMITA, *alzándose del banquillo, con los brazos en aspa, cacarea una escala de espantos.*

DOÑA JEROMITA.—¡El malvado!

EL ABAD.—¡Busca que me pierda!

EL SACRISTÁN.—¡Tres noches llevo soñando con jureles asados!

DOÑA JEROMITA.—Y la sobrina sin recogerse.

EL SACRISTÁN.—A prevenirla me alargo.

EL SACRISTÁN, *arraposado y medroso, salta por el muro al camino, la cabeza vuelta para inquirir lo que se pasa en la Quintana. Torcido el bonete, escueto y ensotanado el clérigo se mete por una puerta, y asoma, apuntando con el trabuco, en el ventano del fayado.*

El Abad.—Soberbio Absalón, sigue tu camino. ¡Mira que te encañono y te mando al Infierno!

Cara de Plata.—¡Señor Abad, que vengo de paces!

El Abad.—¡Réprobo! No hay paces con mala conciencia.

Cara de Plata.—¡Que le traigo la bolsa con los treinta dineros!

El Abad.—Alguna perversa intención encubres.

Cara de Plata.—Hacer méritos para ganar el Cielo. Señor Abad, baje el trabuco y tenga las treinta portuguesas.

El Abad.—¡No las quiero! ¡Guárdalas y con ellas te condenes!

Cara de Plata.—¡Señor Abad, no maldiga y demos por muerto el pleito!

El Abad.—¡Ese manso hablar no te sale del corazón! ¡De tus intenciones reniego!

Cara de Plata.—¡Señor Abad, reciba su ganancia y convide con un jarro de vino!

Doña Jeromita.—¡Vete de nuestra puerta, Satanás! ¡Arrédrate, Enemigo Malo, que te haces el humilde para robar la flor de una doncella! ¡Vete de aquí! ¡Espántate! ¡No tientes la virtud, Satanás!

Cara de Plata.—¡Un rayo me parta si no entro en la casa y me llevo en el caballo la prenda que me niega!

El Abad.—¡Soberbio Tarquino, sigue vereda y no busques que te mate!

Cara de Plata.—¡Señor Abad, que le parta un rayo! Ahí va la bolsa. ¡Una! ¡Dos! ¡Tres!

Levantado en los estribos, el hermoso segundón revuelve el brazo y arroja la bolsa al ventano donde asoma el cornudo bonete. Como un pájaro negro va la bolsa por el cielo nocturno, y el tonsurado la recoge con hosco bramido, sacando fuera los brazos de sombra.

EL ABAD.—¡Vuelve, soberbio! ¡Toma tu bolsa! ¡Si eres altivo yo lo soy más! ¿No vuelves? ¡Al camino la tiro! ¡Al camino va! ¡En el camino se queda! ¡Vuelve a recogerla, bárbaro! ¡Diez mil reales! ¡Así te condenes, verdugo!

DOÑA JEROMITA.—¡El mundo se acaba!

EL ABAD, *palpitando con ronca brama, arroja la bolsa al camino, por donde, al galope de su caballo, se aleja* CARA DE PLATA. *Doña Jeromita cae de rodillas abriendo los brazos, y el bonete espanta sus cuatro cuernos en el ventanuco.*

ESCENA CUARTA

Huerto de luceros la tarde, y entre cuatro cipreses negros, las piedas románicas de San Martiño de Freyres. Son remotas lumbres las cimas de los montes, y las faldas sinfónicas violetas. Pasa el rezo del viento por los maizales ya nocturnos, y se están transportando a la clave del morado los caminos que aún son al crepúsculo almagres y cadmios. San Martiño de Freyres, por la virtud crepuscular, acendra su karma de suplicaciones, milagros y cirios de muerte. Manos de mujer encienden la lámpara del presbiterio. Vuela asustada una lechuza. SABELITA, *en sombra, aparece bajo la lámpara, y en la puerta, refrenando el caballo,* CARA DE PLATA.

CARA DE PLATA.—¡Isabel!
SABELITA.—¡No me hables!
CARA DE PLATA.—Levanta los ojos para mí.
SABELITA.—No quiero mirarte.
CARA DE PLATA.—¿Tanto me aborreces?
SABELITA.—¡Espanto me das!
CARA DE PLATA.—¿Sabes de dónde vengo?
SABELITA.—De alguna obra mala.
CARA DE PLATA.—De brindarle las paces a tu tío.
SABELITA.—Eres tú muy soberbio para ello.

CARA DE PLATA.—Soy más enamorado.

SABELITA.—¡Tarde del amor acordaste! ¿Y mi tío, a tus paces qué ha respondido?

CARA DE PLATA.—El trabuco sacó de la sotana como si fuese un Santo Cristo.

SABELITA.—¡Lástima no haberte matado!

CARA DE PLATA.—¿Por qué quieres vestirte de luto?

SABELITA.—¡Me vestiría de grana!

CARA DE PLATA.—¡Embustera! ¡Isabel, bodas sellan paces!

SABELITA.—¡Las cruces te hago!

CARA DE PLATA.—¡Por el asilo de la iglesia no te prendo ahora por la cintura y te llevo robada sobre mi caballo!

SABELITA.—¡Pirata!

CARA DE PLATA.—¡Isabel, adiós!

SABELITA.—¡Adiós, Carita de Plata!

Entra FUSO NEGRO *con el bonete lleno de piedras por la puerta de la sacristía, y se extingue el sonoro galope con que se aleja* CARA DE PLATA.

FUSO NEGRO.—¡Touporroutóu! Juntando para una casa. ¡No bastan siete mil bonetes! ¡No bastan! ¡Si bastasen! Tengo que hacerme la casa, y prontamente: Me viene una moza embarcada de América. ¡Touporroutóu! ¡La tengo preñada! Aún no la he visto y trabajo todas las noches con ella. Pecamos a las escuras. ¡Hay que pecar! ¡El que no peca se condena!

SABELITA.—Respeta la Iglesia, Fuso Negro.

FUSO NEGRO.—Ya la respeto. Espera que tenga la casa levantada, y nos ajuntamos. ¡Touporroutóu! A la otra tengo preñada: Trae en el bandullo treinta y siete varones y treinta y siete hembras. Esta noche voy en el caballo del viento, trabajo contigo y a ella la degüello.

SABELITA.—¡Fuso Negro, no me asustes! ¿Qué quieres aquí?

FUSO NEGRO.—Mirarte.

SABELITA.—¡Vete!

FUSO NEGRO.—¿Me das para un vaso?

SABELITA.—¡Vete!

FUSO NEGRO.—Si no me das para un vaso, enséñame las piernas.

SABELITA.—¡No me asustes, Fuso Negro!

FUSO NEGRO.—¡Touporroutóu! ¡Ay, canela! ¡Dame para un vaso!

SABELITA.—No tengo.

FUSO NEGRO.—¡Qué buena idea, de mala idea, soltar el vino todo que hay en el mundo, todo a correr en una fuente de cien mil tornos! ¡Qué idea más buena! ¡Y que las vacas, en vez de bostas, vertiesen panes por bajo del rabo! ¡Otra buena idea! ¡Pero de mérito! Todo anda mal. El mundo va descaminado. Yo sé el remedio, y otros lo saben: Ninguno lo declara. Al primero que hable, cuatro tiros, mandamiento del cabrón Gobierno. Satanás podía gobernar el mundo a satisfacción de unos y de otros. ¡Touporroutóu! Siendo, como es, tan lagarto, podía darse con todos la lengua.

SABELITA.—¡Respeta la Iglesia! ¡Vete que me asustas, Fuso Negro!

FUSO NEGRO.—Reinando Satanás, la mujeres andarían en cueros. De punta de viernes a punta de viernes, beber y comer con fornicamento. Mal gobernado el mundo, sería algo de mérito. ¡Cara bonita, amuéstrame las piernas!

SABELITA.—¡Vete!

FUSO NEGRO.—No quiero.

SABELITA.—¡Vete, o doy voces!

FUSO NEGRO.—¡Amuéstrame las piernas, puñela!

SABELITA.—¡No me asustes, Fuso Negro!

FUSO NEGRO.—¡Touporroutou! ¡Qué blanca eres! ¡Dame una vicada, concho! ¡Madre Santísima, qué virgo tienes!

En el románico pórtico, bajo los santos de piedra, el fálico triunfo, la risa en baladros, los ojos en lumbre, la greña frenética. SABELITA, *con un grito, invoca al lejano caminante de los caminos crepusculares.*

SABELITA.—¡Socorro!
FUSO NEGRO.—Concho, que te como la lengua.
SABELITA.—¡Socorro!

Imprecador y violento, por el muro del atrio salta impensadamente un negro jinete, y el loco se revuelve bajo las herraduras, greñudo y espantable, como los moros del Señor Santiago. Después, convulsa y blanca, levantada en el arzón, la niña desmaya la frente sobre el hombro del CABALLERO.

SABELITA.—¿Padrino, adónde me lleva?
EL CABALLERO.—¡Conmigo para siempre!
SABELITA.—¡Para siempre!...

En el camino, una vieja halduda se aparta casi bajo las patas del caballo, y se hace la cruz.

ESCENA QUINTA

Ventorrillo sobre un ribazo atalayando el mar y los faros lejanos, que se encienden y se apagan con el ritmo de las estrellas. Ventorrillo de LUDOVINA. *Medio postigo alcahuete entorna sobre el camino la luz del zaguán tabernero. Un quinqué de latón rajado el tubo y el cuerno de la luz amarillo y negro, alumbra colgado sobre el mostrador que rezuma olores de vino y aguardiente. Detrás, pueblan el sórdido anaquel, velas de sebo y serones de higos, botillería, especies y tachuelas.* LUDOVINA *dormita tras el mostrador, con el gato en la falda. Resuena a lo lejos por el camino, el paso de un caballo.* PICHONA LA BISBISERA *saca la cabeza y el hombro desnudo, por la cortinilla gaitera de una puerta muy pequeña con tres escalones de cadalso. Saltó el gato del regazo de* LUDOVINA. PICHONA *se oculta y cierra. En el camino está un jinete.* LUDOVINA *abre los ojos nublados de sueño, y se mete por la puerta de la taberna* CARA DE PLATA. *El hermoso segundón, pálido, adementado y bello, encorvado sobre la silla aún tocaba el techo con la cabeza.*

LUDOVINA.—¡Madre Santísima!
CARA DE PLATA.—Un vaso de aguardiente.
LUDOVINA.—¡Así me entierren, si al entrar le reconocí!

CARA DE PLATA.—¡Así te entierren!

LUDOVINA.—¿Y la nube de los otros truenos, por dónde rueda?

CARA DE PLATA.—No sé.

LUDOVINA.—Tienen encargada una empanada.

CARA DE PLATA.—¡Con ella revienten!

LUDOVINA.—Si piensa demorar, ate la bestia fuera.

CARA DE PLATA.—Está sudada.

LUDOVINA.—Tengo que cerrar. Imponen ese miramiento unos que arriba tienen la jugueta. ¿Usted no es amigo de probar la suerte?

CARA DE PLATA.—Otra copa.

LUDOVINA.—Si en amores es afortunado, no lo será en el juego.

CARA DE PLATA.—¡Llevo conmigo la negra!

LUDOVINA.—¡Refrene la bestia, conia! Si se le espanta, me hace cachizas el furricallo.

CARA DE PLATA.—Probablemente. ¿Quién ríe tras esa puerta?

LUDOVINA.—Quien tiene boca.

CARA DE PLATA.—¿Es una mujer?

LUDOVINA.—No la vi en cueros.

CARA DE PLATA.—¿Por qué se esconde?

LUDOVINA.—Será recelo.

CARA DE PLATA.—¿Es algún virgo?

LUDOVINA.—¡Señor Carita de Plata, los virgos y el buen vino se acabaron en este quintero!

CARA DE PLATA.—Lléname la copa.

LUDOVINA.—Van tres. ¿No le da vueltas la cabeza?

CARA DE PLATA.—¡El mundo me da vueltas! Lléname la copa.

LUDOVINA.—No se la lleno.

CARA DE PLATA.—¡Me está molestando esa cortinilla alcahueta!

LUDOVINA.—No la mire.
CARA DE PLATA.—¿Quién está dentro?
LUDOVINA.—Un escorpión.
CARA DE PLATA.—Voy a sacarlo de las orejas.
LUDOVINA.—¡Madre Santísima, balda y tulle a este Ante Cristo!

CARA DE PLATA *vuelve en corveta el caballo. Lucen un momento las herraduras en la sombra del zaguán, y sonoras y bárbaras caen sobre la escalerilla de cadalso.* PICHONA, *en justillo y zagalejo, sale por un lado de la cortinilla. Sobre los hombros desnudos, nácares y leche, tuerce el pico una pañoleta.*

PICHONA LA BISBISERA.—¿Qué se ofrece?
CARA DE PLATA.—Verte la cara.
PICHONA LA BISBISERA.—Poco que ver tiene.
LUDOVINA.—¡Hace más daño que una nube de piedra!
CARA DE PLATA.—Ven a beber una copa, Pichona.
PICHONA LA BISBISERA.—Dispénseme.
CARA DE PLATA.—Bebe, o te bautizo.
PICHONA LA BISBISERA.—¡Está bueno! ¡No se enfade, Señor Carita de Plata! ¡Venga la copa! A la salud de usted y del amor que tiene oculto.
CARA DE PLATA.—No es amor.
PICHONA LA BISBISERA.—¡Serán celos!
CARA DE PLATA.—Otras copas, Ludovina.
PICHONA LA BISBISERA.—Para usted solamente.
CARA DE PLATA.—Y para ti.
PICHONA LA BISBISERA.—Yo más no bebo.
CARA DE PLATA.—¡Bebe!
PICHONA LA BISBISERA.—Ya la cabeza me da vueltas.
CARA DE PLATA.—¡Bebe!
PICHONA LA BISBISERA.—¿Tú qué dices de la fuerza que me hacen, Ludovina?

LUDOVINA.—¡Que bebas y que te alegres!

PICHONA LA BISBISERA.—Buena ayuda me prestas contra este Rey Moro.

CARA DE PLATA.—Esta noche vas a bailar en camisa.

PICHONA LA BISBISERA.—¡En todo sale usted Montenegro!

CARA DE PLATA.—¡Bebe!

PICHONA LA BISBISERA.—Por complacerle.

CARA DE PLATA.—¿Es divertida tu vida, Pichona?

PICHONA LA BISBISERA.—¡Correr caminos! Divertida conforme al pensamiento que cada uno lleve.

CARA DE PLATA.—¿Qué pensamiento es el tuyo?

PICHONA LA BISBISERA.—No mirar atrás, Señor Carita de Plata, y tener en el bolsillo una peseta.

CARA DE PLATA.—¿Quieres que nos juntemos para correr mundo?

PICHONA LA BISBISERA.—Aun cuando le parezca mentira, alguno me lo tiene propuesto. ¡Alguno que no hablaba de burlas!

CARA DE PLATA.—Decídete, y llevamos juntos el boliche.

PICHONA LA BISBISERA.—¿Va usted a poner mucho dinero?

CARA DE PLATA.—El que tú me prestes.

PICHONA LA BISBISERA.—¡Entonces qué me trae!

CARA DE PLATA.—Mi buena compañía.

PICHONA LA BISBISERA.—¡Ay, qué divertido!

CARA DE PLATA.—Doy lo que tengo.

PICHONA LA BISBISERA.—Y lo recibo mejor que una lotería.

CARA DE PLATA.—Te pasearé por las ferias a la grupa de mi caballo.

PICHONA LA BISBISERA.—Yo no soy mujer para ir a su lado.

LUDOVINA *tras el mostrador cabecea, y en el ruedo de la falda, el gato con los ojos en ciernes, sopla un ronquido sobre los bigotes.* PICHONA *ríe con lumbres en el rostro, y ajusta sobre los hombros la pañoleta.* CARA DE PLATA *le hunde una mano en los pechos.* LUDOVINA, *restregándose los ojos, se mete por una puerta.*

CARA DE PLATA.—¿Para qué eres tú mujer?

PICHONA LA BISBISERA.—¡No comience!

CARA DE PLATA.—Están duros.

PICHONA LA BISBISERA.—Déjelos.

CARA DE PLATA.—¿Para qué eres tú mujer?

PICHONA LA BISBISERA.—Puede comprenderlo.

CARA DE PLATA.—Pues no lo comprendo.

PICHONA LA BISBISERA.—Soy mujer habiendo interés, para que me visite un día, y un año, si le dura tanto. Para gastarme contigo una onza, si la tengo. Pero que lo publiques, no lo apruebo.

CARA DE PLATA.—¿Por qué te escondiste cuando entré?

PICHONA LA BISBISERA.—Por no cegar.

CARA DE PLATA.—Dame un beso.

PICHONA LA BISBISERA.—Aquí, no. En mi buratiña de Cures. Si va alguna vez, pondré para recibirlo sábanas con puntillas.

CARA DE PLATA.—No te vas sin bailar un fandango.

PICHONA LA BISBISERA.—Aquí es pecado.

CARA DE PLATA.—Ludovina, otras copas para que ésta baile.

PICHONA LA BISBISERA.—Señor Carita de Plata, no me haga beber, que con el sol de todo el día, ya tengo loca la cabeza.

CARA DE PLATA.—Bebe para bailar.

PICHONA LA BISBISERA.—Bailaré si eso le contenta.

CARA DE PLATA.—Nada me contenta.

PICHONA LA BISBISERA.—¡Tesorín!

CARA DE PLATA.—¡Que te lleve el Diablo!

CARA DE PLATA, *encorvándose sobre la silla, de un bote sale al camino y desaparece en la noche.* PICHONA y LUDOVINA, *que vuelve, se miran y sonríen con el gesto pícaro de un mismo pensar secreto.*

PICHONA LA BISBISERA.—Me voy, que aún llego con luna a mi burata de Cures.

LUDOVINA.—¿Quién te espera?

PICHONA LA BISBISERA.—El gato me espera.

LUDOVINA.—No me contaste si había estado rumboso el Indiano.

PICHONA LA BISBISERA.—¡Un machacante!

LUDOVINA.—¡Muchos iguales!

PICHONA LA BISBISERA.—¡Condenado beato, qué miedo tiene a la muerte! Viró la color de la cera porque le señalaba el tres de copas contrapuesto con el siete, que son médicos.

LUDOVINA.—¿Le has leído las cartas?

PICHONA LA BISBISERA.—Quiso que se las leyese.

Se iba PICHONA. *Hablaba ya encapuchada con el mantelo. Cubre el luar de la puerta su figura negra. Y al pisar el umbral, se espanta. Por el camino, en una ráfaga de violencia, ha cruzado un jinete, una negra centella que hace santiguar a la moza del biribís.*

LUDOVINA.—¡Pichoneta, va desbocado el caballo!

PICHONA LA BISBISERA.—¡Lo parece! ¡Todo el camino es lumbres!

LUDOVINA.—¿Quién va montado?

PICHONA LA BISBISERA.—¡Un hombre con una mujer desmayada!

LUDOVINA.—¡Madre de Dios!

PICHONA LA BISBISERA.—¡Arrenegado sea el pecado!

LUDOVINA.—¿A ninguno reconociste?

PICHONA LA BISBISERA.—No quiero condenarme. El Vinculero me ha parecido.

LUDOVINA.—¡Viejo más gallo!

PICHONA LA BISBISERA.—¡Si el padre y el hijo se encuentran!

ESCENA SEXTA

La Rectoral. A la luz de un velón, el zaguán encalado y desguarnido, con arcas antañonas y negra viguería. Pasea el tonsurado:—Trabuco, sotana, bonete.—Los reflejos del velón llenan de aladas inquietudes las paredes, y en el temblor de la luz y la sombra se hace visible el viento sobre las lívidas cales. Colgado de un clavo baila el solideo, y solfea sobre el arcón de los diezmos la cola de un perrillo que runfla y bosteza. La Quintana, silenciosa y nocharniega, se prolonga por el vano de la puerta, y en el claro de luna, con los brazos abiertos, se espanta la vieja pilonga hermana del ABAD. *Estremece el viento la llama del velón, y calca su negro baile en la pared la borla del solideo.*

EL ABAD.—¿Vuelve ese Satanás?

DOÑA JEROMITA.—¡El rabo!

EL ABAD.—¡Un rayo le parta!

DOÑA JEROMITA.—¡Y la bolsa luciendo en el camino! ¡Jesús mil veces!

EL ABAD.—¡Así se vea pidiendo limosna ese altanero!

DOÑA JEROMITA.—¡Hay otro que se pasa de altanero, y es usted, mi hermano! ¡A mí me entierra! ¡Se llevará la bolsa el primero que pase! ¡La declara la luna malvada!

EL ABAD.—Deja esos rezos y métete adentro, que quiero echar la llave.

DOÑA JEROMITA.—¡Luna sin ansias, ya podías esconderte en una nube negra! ¡Luna cismática!

EL ABAD.—¡Calla con esos reniegos de bruja!

DOÑA JEROMITA.—¡Y sin pasar alma viviente! ¡Jesús mil veces!

EL ABAD.—¿Lo lamentas?

DOÑA JEROMITA.—¡Este sobresalto me acaba! ¡Tantísimo dinero! ¡Hermano, considere que condena su alma!

EL ABAD.—¡Calla, serpiente!

DOÑA JEROMITA.—¿No le corresponde en justicia la bolsa? ¿No se la dio el naipe?

EL ABAD.—¡El naipe marcado!

DOÑA JEROMITA.—Se lleva de un escrúpulo y por soberbio condena su alma. ¡Es orgullo, el cadelo que le come!

EL ABAD.—Acaso...

DOÑA JEROMITA.—Puesto en disputa no quiere que ninguno le supere. ¡Hermano, haga cuenta de sus canas, y no tire el dinero como ese malvado sin años!

EL ABAD.—Tengo de superarle. ¡Métete adentro y no hablemos más!

DOÑA JEROMITA.—¡Máteme! Pero me rebelo contra su dictado, y la bolsa recojo y la bolsa me guardo.

EL ABAD.—¡De un trabucazo te doblo!

DOÑA JEROMITA.—¡Por un pique de orgullo sería asesino de su hermana! ¡Me horrorizo!

EL ABAD.—¡Entra y calla!

DOÑA JEROMITA.—¡Esto me entierra!

EL ABAD.—¡Y a mí! Pero no me vence ese Satanás. Entra, que quiero echar la llave.

DOÑA JEROMITA *cae de rodillas suplicante, con los brazos abiertos bajo la luna clara.* EL ABAD, *negro y escueto, está en el umbral.—Bonete, trabuco, sotana.—La sombra parda de una vieja por el camino.*

LA VIEJA.—¡Sabeliña! ¡Sabel! Asómate un momento, paloma. ¿No está Sabeliña?

DOÑA JEROMITA.—¿Qué enredo traes? No quiero cuentos a la oreja. Conozco tus malas artes.

LA VIEJA.—¡La Madre Bendita me valga, y no me pone de alcahueta!

EL ABAD.—¿Por qué buscas a la rapaza?

LA VIEJA.—No la busco.

DOÑA JEROMITA.—Por ella llamabas.

LA VIEJA.—Llamaba para cerciorarme.

DOÑA JEROMITA.—¿De qué cerciorarte?

LA VIEJA.—De si la era o no la era. En el camino tuve el encuentro, y a carrerada me vine... Algún aguinaldo me dará. ¡Tan siquiera un puño de harina para el caldo de la cena!

DOÑA JEROMITA.—¿Dónde dejas a la niña? ¡Jesús mil veces!

LA VIEJA.—¡El mundo se acaba!

DOÑA JEROMITA.—No me sobresaltes. ¡Responde!

LA VIEJA.—Con los años, la vista muchas veces se engaña.

EL SACRISTÁN, *por una ruina de piedras calvas, salta el muro de la Quintana. Asustado y acezando aparece en la niebla lunar.*

EL SACRISTÁN.—¡Anda suelto el pecado! ¡Aquel negro sueño! ¡La sartén rabela, jureles asados! ¡Aquel negro sueño!

EL ABAD.—¿La sobrina, dónde queda?

EL SACRISTÁN.—¡Anda suelto el pecado! ¡Arrebatada en su caballo se la lleva un negro Satanás!

DOÑA JEROMITA.—¡Jesús mil veces!

LA VIEJA.—¡Sabeliña en los brazos de aquel turqués, era una despeinada Madanela!

DOÑA JEROMITA.—¡La niña disoluta teníalo tramado! ¡Me cegó la malvada!

EL ABAD.—¡Qué hora negra!

EL SACRISTÁN.—¡Desencadenóse el Infierno!

LA VIEJA.—¡Buen quiebra virgos es el Diablo!

EL ABAD.—La mala oveja esta noche vuelve a su corte: Arrastrada la traigo. ¡Acompáñame, Blas!

DOÑA JEROMITA.—¡Y mañana sepulta en un convento, hermano!

EL SACRISTÁN.—¡Requies in pace!

EL ABAD.—¿Qué camino llevaban esos criminales?

EL SACRISTÁN.—Mis vientos son que se hallan en el pazo.

EL ABAD.—¡Vamos allá!

DOÑA JEROMITA.—¡No se pierda, mi hermano!

LA VIEJA.—¡Inda se pudiera encontrar alguno con quien casarla! ¿No habrá para mí un aguinaldo, Señor Abade?

EL ABAD.—¡Así la lengua se te caiga!

DOÑA JEROMITA.—¡La Virgen Santa! ¡Hermano!... ¡Allí!... ¡La bolsa!... ¡Esto me mata! ¡Treinta portuguesas de mis entrañas!

DOÑA JEROMITA *abre los brazos para alcanzar el cielo, y con un grito traspasa el nocturno silencio de estrellas. En la niebla lunar, por el camino de plata,* FUSO NEGRO. *¡Touporroutóu! Ha tropezado con la bolsa y escapa con ella.* EL ABAD *dispara su trabuco. Ladridos lejanos.*

ESCENA SÉPTIMA

Nocturnos cantos ruanos, lejanas risas de foliadas, panderos, brincos y aturujos repenicados, tienen alertada en la cama a PICHONA LA BISBISERA. *Los ojos brillantes y grandes, el fulvo cabello esparcido por la almohada, atenta al concierto, se desvela la moza andariega. Colgado en el rincón del horno alumbra un sainero candilejo, se agarima debajo una clueca, y en el círculo de la penumbra el gato abre el sacrilegio de sus ojos verdes. Resuena el paso de un caballo, suspira la moza, rebulle la clueca, se enarca el gato y se desvanece. Por la sombra del muro, lo anuncia la lumbre de los ojos verdes. Un golpe en la puerta.*

CARA DE PLATA.—¡Abre, Pichona!

PICHONA LA BISBISERA.—Estoy desnuda en la cama.

CARA DE PLATA.—Trabajo adelantado.

PICHONA LA BISBISERA.—¡Ay, qué Rey Moro! ¿Di quién eres?

CARA DE PLATA.—Harto lo sabes.

PICHONA LA BISBISERA.—De verdad te desconozco.

CARA DE PLATA.—¡Abre!

PICHONA LA BISBISERA.—Espera que me eche un refajo. ¡No me hundas la puerta, tesorín!

Responde la risa impía de CARA DE PLATA. *Cesan los golpes.* PICHONA, *apresurada y sin atarse las jaretas, levanta las trancas. Bajo la luna, el hermoso segundón tiene el caballo de las riendas en el camino solitario, con un fondo lejano de estrellas y panderos de foliada.*

PICHONA LA BISBISERA.—Ahora al darte la luna, tienes la cara propiamente de plata.

CARA DE PLATA.—¿Me esperabas?

PICHONA LA BISBISERA.—Casi te esperaba. Entra y toma mi cuerpo si lo quieres, pero no me maltrates, tesorín.

CARA DE PLATA.—¡Aparta!

CARA DE PLATA *empuja a la moza y se mete por la puerta tirando de las riendas al caballo. Bufa el gato, cacarea la clueca, respinga el cuerno del candil, y el caballo se recoge y la enorme pupila espanta.*

PICHONA LA BISBISERA.—¿Dónde quieres dejar el caballo?

CARA DE PLATA.—Debajo de la cama.

PICHONA LA BISBISERA.—El aguardiente te ha mareado.

CARA DE PLATA.—¡Lo ataré a la puerta de pregonero!

PICHONA LA BISBISERA.—¿Qué pregona? ¿Que tengo la cama muy bien ocupada? Somos mozos y nos divertimos. Entra que cierre.

El hermoso segundón, para entrar por la puerta, tiene que doblarse. PICHONA *pone las trancas y fuera relincha el caballo.* CARA DE PLATA *va derecho a sentarse en el camastro: Se vuelve a sonreírle la moza casi desnuda, fulva y blanca.*

CARA DE PLATA.—Pichona, quítame las espuelas y calla. ¡Con mil demonios, calla!

PICHONA LA BISBISERA.—Tú puedes rasgarme la sobrecama con las espuelas, y la carne, si eso te divierte. ¡Pégame! ¡Alégrate!

CARA DE PLATA.—¡No me alegro con eso!

PICHONA LA BISBISERA.—¿Es que no te gusto?

CARA DE PLATA.—Yo debía reírme porque eres divertida, y no me río...

PICHONA LA BISBISERA.—Tú tienes una pena y por eso bebías copa tras copa en casa de Ludovina. ¿Es verdad lo que digo? ¿No quieres responderme?

CARA DE PLATA.—¡Ni sé lo que me hablas!

PICHONA LA BISBISERA.—Deja ese negro cavilar y abrázame. Ese cuidado pasará y tú serás el primero en reírte. ¡Así es el mundo! No hay pena duradera. ¡Tienes el frío de la muerte en los labios!

CARA DE PLATA.—Ya me cansas.

PICHONA LA BISBISERA.—Pues echa la pena de ti. La suerte muda. ¿Quieres que te lea las cartas?

CARA DE PLATA.—¿De qué bruja aprendiste tu Arte?

PICHONA LA BISBISERA.—No fue de bruja ninguna. Lo aprendí de una compañera en casa de la Monfortina.

CARA DE PLATA.—¡Buena cátedra!

PICHONA, *la camisa resbalando por los hombros, cachea en la hucha y torna al pie del camastro con el candil y el libro de Vilham. Por tres veces se lo presenta para el corte al hermoso segundón y lo tiende sobre la colcha floreada.*

PICHONA LA BISBISERA.—Dame lo secreto libro de Villano, si no quieres que lo pida a las rayas de la mano. Señala caminos, alumbra destinos, por las varillas de Mosén, ábrete naipe para que lea el mal y el bien.

CARA DE PLATA.—En el introito no tropiezas.

PICHONA LA BISBISERA.—Alza con la mano izquierda. Vuelve una carta. Voy a leértelas a la portuguesa. Oros y detrás espadas. Celos con rabia. Repara el tres de copas por bajo del siete de espadas, copas aquí son campanas y espadas, ansias de muerte. ¿No sacas hilo ninguno?

CARA DE PLATA.—¡Maldita jerigonza!

PICHONA LA BISBISERA.—Este dos, este cuatro, este seis, pares contrapeados, para mí representan las luces de un entierro. Este caballo de oros, es un enamorado. Si no eres tú, otro no veo. Esta sota de espadas cabeza para bajo, es una llorosa Madanela: ¡Tal se me representa! Y este cinco de copas es licencia, y pecado con este rey del palo de bastos, que vino encima de todas las cartas. Hay aquí tres ases, que son poderes y luego tres caballos contrapuestos. Caballos son caballeros. ¿Te explicas alguna cosa?

CARA DE PLATA.—¡Nada!

PICHONA LA BISBISERA.—Voy a echarlas encubiertas por ver si se clarean.

Comenzó PICHONA *a recoger las cartas extendidas sobre la colcha del camastro, y al levantar el caballo de espadas queda con él en suspenso, recordando.*

PICHONA LA BISBISERA.—¿Tú has pensado alguna vez en hacer una muerte?

CARA DE PLATA.—De haberlo pensado, la hubiera hecho.

PICHONA LA BISBISERA.—Eres otro Diego Corrientes.

CARA DE PLATA.—Soy más.

PICHONA LA BISBISERA.—¡Pero no robas ni matas! Las

cartas te ligan con un muerto. Está representado en este dos de copas, aun cuando nunca es carta de fundamento. Pero me lo hace decir que haya venido el caballo pisando sobre ella. Y el montado de oros, galán enamorado, eres tú. ¡Manifiesto!

CARA DE PLATA.—¡Acaba!

PICHONA LA BISBISERA.—¡Por acabado! Abrázame, tesorín. Abrázame, mi rey moro castellano. ¡Es la primera vez que me buscas! ¿Por dónde consumes la flor de tu sangre? ¡Tienes la boca fría! ¡Tesorín, abrázame!

JORNADA TERCERA

ESCENA PRIMERA

Sala grande y oscura en el Pazo de Lantañón. Un Santo Cristo con enagüillas, en la tiniebla del muro encalado sugiere su lívida tragedia. Hipnotiza el clavo amarillo de una luz de aceite. Por el vano de un arco se advierte la mesa con recado de manteles. Rondan en torno gatos y perros. EL MAYORAZGO, *en su sillón, levanta la copa.* SABELITA, *en el fondo de una puerta, se cubre la cara. ¡Blancura de aquellas manos!*

EL CABALLERO.—Descubre los ojos y mírame.

SABELITA.—¡No puedo!

EL CABALLERO.—¡Obedece, Isabel!

SABELITA.—Padrino, vuélvame a San Clemente.

EL CABALLERO.—Después de la cena. Siéntate.

SABELITA.—Permítame que le sirva.

EL CABALLERO.—No llores y obedece.

SABELITA.—Mi destino es llorar.

EL CABALLERO.—Toma mi copa y bebe.

SABELITA.—¡No me avergüence, padrino!

EL CABALLERO.—¡Aborrecida vergüenza!

EL CABALLERO *estrella la copa y se alza del sillón bamboleando la mesa. Largo y sobresaltado temblor del ajuar loceño, se derrama el vino y se apaga el velón. En la sala oscura, como si naciese de pronto, la luna argentó una vidriera. Con las figuras diluidas en la oscuridad, crecía el prestigio de las voces y de las sombras.*

SABELITA.—Padrino, permítame volver a San Clemente.

EL CABALLERO.—Franca tienes la puerta. ¡Vete, y no vuelvas!

SABELITA.—¡Malvado Fuso Negro!

EL CABALLERO.—¿Por qué te detienes?

SABELITA.—¡Espanto me da!

EL CABALLERO.—¡Vete!

SABELITA.—¡Alma sobresaltada, sosiega! ¡Aléjate, espanto! ¡No me ates en estos umbrales, imán del Infierno!

EL CABALLERO.—¡Mal rayo me parta! ¡Huye! ¡No te detengas!

SABELITA.—¡Rey del Cielo, desencadéname, que aquí me pierdo!

EL CABALLERO.—¿No te vas?

SABELITA.—No puedo.

EL CABALLERO.—Me perteneces.

SABELITA.—¡Mi alma condeno!

EL CABALLERO.—¡Entrégamela!

SABELITA.—¿Para qué quiere mi alma?

EL CABALLERO.—Para mí la quiero. ¡Entrégamela!

SABELITA.—A Satanás se la entrego.

EL CABALLERO.—¡Mía es!

SABELITA.—¡Padrino, no me pierda!

EL CABALLERO.—¡Soy Satanás y te pierdo!

SABELITA.—¡Padrino!

EL CABALLERO.—Llámame monstruo infernal. Maldito mil veces, que ni la flor de tu inocencia respeto.

Por la puerta lunera, escueto y negro, el tonsurado atropella, y detrás se encoge y mima un gesto de terror y lascivia, el repelado sacristán de San Clemente.

El Abad.—¡Rey Faraón, vengo por mi oveja!

El Caballero.—¡Mírala!

El Abad.—¡Mal pensé de ti, bárbaro Montenegro, mal y con saña! ¡Nunca tan bajo que acogieses a las mancebas de tus hijos y cenases con ellas!

El Caballero.—¡Clérigo bellaco, de ningún hijo de puta es manceba mi ahijada!

El Abad.—Habla tú, impúdica mozuela.

Sabelita.—De nada soy culpada.

El Abad.—¿Quién aquí te trajo, pues te han visto arrebatada en un caballo? ¡Tu liviandad declara!

El Caballero.—¡Yo la traje!

El Abad.—*¡Vade retro!*

El Caballero.—¿De qué te espantas?

El Abad.—¿Tú la robaste?

El Caballero.—Sí.

El Abad.—¿Con qué mira?

El Caballero.—Porque mis soledades acompañase.

El Abad.—Montenegro, te amonesto para que me vuelvas la oveja de mi corte.

El Caballero.—Fue su voluntad el cambio de vara.

El Abad.—Montenegro, de paces vengo.

El Caballero.—Yo tampoco te muevo guerra.

El Abad.—Éramos amigos, con trato de parientes, y me negaste el paso cuando iba a encomendar un alma.

El Caballero.—Yo, no. Uno de mis rapaces.

El Abad.—Pero tú lo has sostenido.

El Caballero.—No estaba a menos obligado.

EL ABAD.—Aquel pecador murió sin auxilios, y es de suponer que pene en el Infierno.

EL CABALLERO.—Eso tendrá que agradecerle a mi rapaz, el Diablo.

EL ABAD.—¡Blasfemo!

EL CABALLERO.—¡Sacrílego! ¡Deseas la moza para tu regalo! ¡Nos conocemos!

EL ABAD.—¡Bárbaro Montenegro, tendrás la guerra, pues la guerra provocas! Pisaré por tu dominio y cobraré la mala oveja.

EL CABALLERO.—Puedes cobrarla, de paz te la entrego. Isabel, de quedarte o de irte eres libre. Elige.

SABELITA.—¡Elijo mi muerte!

EL ABAD.—¡Calla, malvada! ¡No publiques tu licencia! ¡Sígueme!

SABELITA.—Los pies me atan. Andar no puedo. ¡Estoy dañada del malo!

EL ABAD.—¡Ven conmigo!

SABELITA.—Tengo grillos. ¡Los pies me atan!

EL ABAD.—Te sacaré arrastrada de las trenzas.

SABELITA.—¡Padrino, no me ponga cadenas! ¡Rompa el negro imán con que me prende! ¡Déjeme libre! ¡Libérteme!

EL CABALLERO.—Libre eres.

SABELITA.—¡Bórrate, espanto! ¡Alma mía, avaliéntate! ¡Supérate! ¡Padrino, rompa este atribulado cautiverio! Y si no lo rompe, ordene que me quede, si es mi suerte perderme.

EL CABALLERO.—Caiga el pecado sobre mi conciencia. ¡Quédate!

EL ABAD.—¡Montenegro, poder de brujo tienes! ¡En él te amparas! ¡No me espantas, Montenegro! ¡Emplazado quedas! ¡Aún nos veremos!

EL CABALLERO.—¡El Diablo te lleve!

EL ABAD.—Por castigar tu soberbia soy capaz de encenderle una vela. ¡Tiembla!

Sale el tonsurado como una ráfaga negra por la puerta lunera. EL MAYORAZGO *levanta su copa y la ofrece a la sombra arrodillada de su nueva manceba.*

ESCENA SEGUNDA

La encrucijada de San Martiño de Freyres: Cielo con estrellas: Rumor de viento en las mieses: La queja del molino, en un grupo de árboles, alarga las vocales del miedo. La luna en la balsa hila nieblas de plata. Sobre la cruz de los albos caminos enmagrece el bulto ensotanado del ABAD. *Bajo el cielo estrellado el bonete perfila sus cuernos y el brazo perfila su trazo negro de maldición y anatema.* BLAS DE MÍGUEZ *se encoge como un perro sobre la sombra alargada del tonsurado.*

EL ABAD.—¡Casta de soberbios! ¡Maldita seas!

EL SACRISTÁN.—¡Qué gallo el Vinculero!

EL ABAD.—¡Bárbaro Montenegro, yo te daré en la cara una bofetada como esta!

EL SACRISTÁN.—¡Justo juez!

El ordenado se azota la mejilla, y EL SACRISTÁN *se santigua muchas veces con gemidos y golpes de pecho. Ladran, lejanos, los perros de una aldea.*

EL ABAD.—Satanás, te vendo el alma si me vales en esta hora. ¡No me espanta ni el sacrilegio!

EL SACRISTÁN.—¡Señor Abad, no pida ayuda al Infierno!

El Abad.—¡Hoy me juego el alma!

El Sacristán.—No la juegue, que la pierde.

El Abad.—¡Y tú te condenarás conmigo!

El Sacristán.—¿Qué falta le hace compañero?

El Abad.—Tú seguirás mi suerte.

El Sacristán.—Caso de no tener influjo con San Pedro.

El Abad.—Tú harás cuanto yo te ordene.

El Sacristán.—¡Salvando mi alma!

El Abad.—Llegado a tu casa, te pones a morir.

El Sacristán.—¡Madre Santísima!

El Abad.—Y, puesto a morir, te despides de los hijos y de la parienta. ¡Pides confesión!

El Sacristán.—Me pongo a morir y no muero.

El Abad.—¿Qué achaque padeces?

El Sacristán.—¡Mal de ijada!

El Abad.—Desde que pises el quintero empiezas a dolerte y a implorar los Divinos.

El Sacristán.—Susto me da de penetrarle la idea.

El Abad.—Es preciso que me obedezcas ciegamente.

El Sacristán.—Me pongo a morir... Confieso y comulgo, que nunca está por demás... Así es. Pero de agonizante no paso... A morir me rebelo.

El Abad.—¡Tú, obedeces!

El Sacristán.—¡Como tal se malicie la parienta!

El Abad.—¡Vete!

El Sacristán.—Tendré que zurrarle el pandero.

El Abad.—Si es preciso, te mueres.

El Sacristán.—De un ojo solamente. ¡A más no me comprometo!

El Abad.—¡Camina!

El Sacristán.—A más, me rebelo.

El Abad.—¡Obedece!

El Sacristán.—¡Morir, ni de pensamiento!

EL ABAD.—A morir te pones, y si es preciso, te mueres. Esta es la lección y a ella te sujetas.

EL SACRISTÁN.—¡Cativa letra! ¡Ya le declaro que no es para cumplida!

EL ABAD.—A Satanás te encomiendas.

EL SACRISTÁN.—¡Para que luego me chamusque! ¡Arreniégole!

EL ABAD.—¡Vete!

EL SACRISTÁN.—¡Concho! ¡Pudiera suceder que estuviésemos abriéndonos el Infierno!

EL ABAD.—Impulsos me vienen de hundirte el puño entre los cuernos. ¡Imbécil, golpéate los ojos! Negra conciencia, ¿no ves a tus plantas el Infierno?

EL SACRISTÁN.—¡Excomulgados nos hacemos! ¡Los Sacramentos profanamos!

EL ABAD.—¡Horrorízate! ¡Tiembla!

EL SACRISTÁN.—¡Dies Irae! ¡Dies Illa!

Con aullidos de can se azotaba las mejillas el sacrílego tonsurado, y EL SACRISTÁN, *encogido, medroso, con la cabeza vuelta, corría sobre los zuecos, bailón a la luna del camino aldeano. Cuando entra por el quintero, almiares y cielo lunario, empiezan los clamores.*

EL SACRISTÁN.—¡Ay, que muero! ¡Ay, que acabo! ¡Muero de un mal repentino! ¡Repentino y excomulgado! ¡Vida, no te vayas! ¡Déjame ver las luces del día!

EL ABAD.—¡Satanás, ayúdame y el alma te entrego! ¡Ayúdame, Rey del Infierno, que todo el mal puedes! ¡Satanás, te llamo con votos! ¡Satanás, por ti rezaré el negro Breviario! ¡De Cristo reniego y en ti comulgo! ¡Rey del Infierno, desencadena tus aquilones! ¡Enciende tus serpientes! ¡Sacude tus furias! ¡Acúdeme, Satanás!

FUSO NEGRO.—¡Presente, mi Capitán!

Sobre el albo camino baila el loco su baile frenético, y una bolsa de monedas hace saltar en el roto bonete cismático. Pasa en una ráfaga ante el sacrílego ABAD *de San Clemente.*

ESCENA TERCERA

Quintán de San Martiño. Almiares y tejados luneros. Ladridos lejanos. Tendida parra de morada sombra, ante alguna puerta. Una casa sola al confín del quintero. Negro y rojo el hogar donde una vieja encuerada se espulga. Sale en bocana por las tejas humo de piñocha y olor de sardinas asadas. La vieja se espulga, un crío gimotea y una bigardona, bajo el candil, se remienda el manteo.

LA SACRISTANA.—¡Qué ilusión condenada! ¡Otra vez me trujo el viento la voz de tu padre!

LA BIGARDONA.—¡Arreniégote!

LA SACRISTANA.—Estate atenta. ¿Oyes? Remeda una cierta voz acongojada. ¿Oyes?

LA BIGARDONA.—El viento en el tejado.

LA SACRISTANA.—¿No te representa una voz?

LA BIGARDONA.—¡Cómo está de alumbrada, mi madre!

LA SACRISTANA.—Ya que el pecado me recuerdas, voy a tirarle del teto!

La vieja encuerada alcanza del vasar el pichel pringoso. Caen unas trébedes. Se espanta el gato. Cruje el ca-

mastro, y por el borde de la cobija remendada sacan la cabeza tres críos. La vieja apura el pichel, morosa y deleitada.

Coro de Crianzas.—¡Una pinga mi má! ¡Una pinga mi má!

La Sacristana.—¡Una horca, centellón!

Coro de Crianzas.—¡Una pinga!

La Sacristana.—¡Celonio! ¡Gabina! ¡Mingote! ¡Venenos! ¡Buscáis que os visite San Benitiño de Palermo! ¿Quieres tú echar un trago, Ginera?

La Bigardona.—Luego los mozos me sienten el aliento.

La Sacristana.—¡Ten la boca desapartada, gran sinvergüenza! Arrímate mucho a los mozos y verás lo que sacas. ¡Ay, qué condición más renegada la tuya! Si te hacen una barriga, vas para fuera de casa. ¡Es anís doble, condenación! ¡Bebe un trago, rapaza!

La Bigardona, *con remangue, toma el pichel que le ofrece la vieja, y tras de catarlo, se frota los labios con el pañuelo majo que lleva al pecho.*

La Bigardona.—¡Resolio!

Coro de Crianzas.—¡Una pinga mi má! ¡Una pinga mi má!

La Sacristana.—Dale una pinga a esos aborrecidos.

Sobre el camastro, saliendo de la cobija remendada, implora el coro de ánimas. Celonio, Gabina, Mingote *se disputan el pichel con las manos tendidas y las uñas de fuera. Al dárselo* La Bigardona, *el pichel se quiebra entre tantas manos.*

La Sacristana.—¡Ay, venenos! ¡Mala centella os

abrase! ¡Habéis de acabar en una horca! ¡Casta renegada! ¡Sanguinarios!

LA BIGARDONA.—Vístase la camisa, mi madre.

La vieja acompasa los gritos repicando las tenazas sobre las asustadas cabezas del retablo que se desbarata. Plañidera torna al hogar. Entre un burujo de ropas cachea por la faltriquera y cuenta unos ochavos.

LA SACRISTANA.—¡Era de lo bueno! ¡Un resolio que mejor no lo bebe la reina de España! Ginera, átate las enaguas y ve por un cortadillo.

LA BIGARDONA.—¿Holanda o anisado?

LA SACRISTANA.—¡Anisado, grandísima bribona! ¡Arreniégote, que no piensas más que en los mozos! ¡Anisado, condenada! ¡Anisado! Enciende un fachizo.

LA BIGARDONA.—¡Hay luna!

VOZ LEJANA.—¡Muero! ¡Acabo!

LA SACRISTANA.—¡Asús! ¡Pues no me vuelve la tema pasada! ¡Viento inventor! ¡Talmente el lamento de tu padre!

GINERA, *estremecida, abre la puerta, y bajo el encaje lunario del emparrado, aparece la sombra del* SACRISTÁN, *de rodillas y con los brazos abiertos en cruz.*

EL SACRISTÁN.—¿Dónde me hallo? ¡El dolor me nubla la vista y no reconozco los parajes!

LA SACRISTANA.—¿Qué copla condenada traes?

EL SACRISTÁN.—¡Confesión pido! ¡Por los Divinos clamo!

LA SACRISTANA.—¡Aún no es la tuya!

EL SACRISTÁN.—Tengo las borras de los humores revueltas. ¡Cumple que esa hija amada se cubra con la mantilla y lleve aviso a San Clemente!

La Bigardona.—¡No alele mi padre!

El Sacristán.—¡Un dolor repentino me lleva de esta vida!

La Sacristana.—¡No lo querrá mi suerte arrastrada!

El Sacristán.—Los dolores repentinos estos tiempos reinantes, son muy traidores.

La Sacristana.—¡Pues acaba!

El Sacristán.—¡Has de ir por delante, puñela!

La Sacristana.—¡Borrachón!

La Bigardona.—¡Acuéstese mi padre!

El Sacristán.—¡Te doy mi bendición, hija amada!

La Sacristana.—¡Muy político te hallas!

La Bigardona.—Parece como si estuviese tomado de delirio.

La Sacristana.—¡De la bebida está tomado!

El Sacristán.—¡Mala mujer, respeta el vínculo del matrimonio, pues me hallo en el momento concursivo de irme del mundo!

La Bigardona.—¡Nunca mi padre tanto saber tuvo!

El Sacristán.—Mi bendición te doy, hija amada, y juntamente a esos tres niños vástagos. ¡Ya podéis llamaros huérfanos!

La Sacristana.—¡Celonio, Gabino, Mingote! ¡Venenos! ¡Arrodillarvos!

Coro de Crianzas.—¡Mi padre Blas! ¡Mi padre Blas!

El Sacristán.—¡Madre del Verbo, ven en auxilio de este devoto, que va a comparecer ante el Supremo Tribunal! ¡Me roe como un can de la rabia, este dolor que me acometió en calidad de repentino, Madre de los Pecadores! ¡Me roe en los dos cadriles, Madre Soberana! ¡Dolor de ijada repentino es el apelativo que aquí le damos, Mater Inmaculata!

La Sacristana.—¡Calla, grandísimo ladrón! ¡Calla y no llames más a la chupona! ¿Quieres unas friegas?

EL SACRISTÁN.—¡El Santolio quiero!

LA SACRISTANA.—¡Ay, condenado, no te vayas de este mundo, que haces en él mucha falta!

EL SACRISTÁN.—El Señor me llama. Estoy propiamente acabando. Que la hija se apresure.

LA SACRISTANA.—Muy conforme te hallas.

EL SACRISTÁN.—Como cumple a todo fiel cristiano.

LA SACRISTANA.—¡Ay, Blas, nunca tanta política tuviste! ¡Visto es que a la muerte te hallas! ¡Ay, Blas, no dejes esta vida! ¿Blas de Míguez, acaso sabes la que te aguarda?

EL SACRISTÁN.—Cállate esos textos hasta que me visite el Santolio.

BLAS DE MÍGUEZ *guiña el ojo, tuerce la boca, saca la lengua, componiendo una mueca tragicómica de antruejo. La vieja pelona empavorida se santigua, y temblándole las manos, se viste la camisa.*

LA SACRISTANA.—¡Ay, muerte, qué bien andabas por lejos! ¡Ginera, toma soleta!

CORO DE CRIANZAS.—¡Ay, o noso paisiño! ¡Ay, o noso paisiño!

LA BIGARDONA.—¡Mi padre Blas, no se vaya de este mundo, que es mucha su falta!

EL SACRISTÁN.—¡No me atolondres!

LA SACRISTANA.—¡Blas, no te vayas! ¿Muerte chupona, por qué te lo llevas?

EL SACRISTÁN.—¡Ya estás hablando muy demás!

LA SACRISTANA.—¿Era tan mala la vida que te daba? ¡Responde, pellejo!

EL SACRISTÁN.—¡No me faltes en este trance, puñela!

LA SACRISTANA.—¡Responde!

EL SACRISTÁN.—¡Reconozco tus méritos y te bendigo igualmente!

LA SACRISTANA.—¡Ya entra en el delirio! ¡Apróntate, Ginera!

CORO DE CRIANZAS.—¡O noso paisiño! ¡O noso paisiño!

EL SACRISTÁN.—¡Callarvos la boca, ángeles bienaventurados! ¡Espántate, muerte!

LA BIGARDONA.—¡Propio delirio!

Cubierta con un manteo y en la mano un farolico de aceite, se escapa LA BIGARDONA. *Del camino llega su planto.*

LA BIGARDONA.—¡Adiós, mi padre! ¡Ya nunca más recibiré sus enseñanzas!

EL SACRISTÁN.—¡Concho, qué tunda te daba!

LA SACRISTANA.—¡No reniegues en este trance, mal hombre! ¿Dónde se fue aquella conformidad que prometías?

EL SACRISTÁN.—Estoy propiamente a morir de todo, y no es extraño que alguna cosa hable delirando.

CORO DE CRIANZAS.—¡O noso paisiño! ¡O noso paisiño!

EL SACRISTÁN.—¡Grandísimos ladrones, callarvos!

BLAS DE MÍGUEZ, *con súbito alarido, se descalza de un zueco, y cojitranco, salta de la yacija, majando la pelambre de críos, que se encadilla con lloro de espanto, al ruedo de la vieja encamisada.*

LA SACRISTANA.—¡Asosiega, Blas! ¡De por fuerza entra en ti el enemigo! ¡Escorréntalo y reza el trisagio! ¡Pecador, salva tu alma!

El Sacristán.—¡Calla, concho!

La Sacristana.—¡No jures! ¡Piensa en salvarte!

El Sacristán.—¡Cuidas que muero y aún he de darte mucha leña! ¡De esta salvo!

La Sacristana.—¡No te rebeles contra la divina sentencia!

Coro de Crianzas.—¡O noso paisiño! ¡O noso paisiño!

El Sacristán.—¡Voy a picarvos el cuello, malvados! Témplame una gota de vino con canela, piadosa mujer desconsolada.

La Sacristana.—¡Ya te vuelve la política de rendir el alma! Ahora vide en forma de gato escaparte por los pies aquel maléfico que en ti estaba.

El Sacristán.—¡Mentira podre! ¡No levantes inventos! ¡Calla, relapsa! ¡Mundo de perdición, ya está dicho que todo eres veneno, todo ajenjos amargos! Llegada mi hora, cuando eso sea, no sentiré dejarte. ¡Adiós, hijos míos, coro de ángeles!

Coro de Crianzas.—¡Ay, pay! ¡Ay, pay! ¡Ay, pay!

La Sacristana.—Callarvos, ladrones, y ponervos de rodillas, que vos está edificando.

El Sacristán.—¡Niños huérfanos! ¡Arbustos delicados!

La Sacristana.—¡Hay que conmoverse, carajeta! ¡Es valor de hombre para este paso de la despedida final!

El Sacristán.—Tiernos vástagos, en este valle de lágrimas solamente hallamos amparo en el seno de la Santa Iglesia Católica. ¡Que no se os vaya de la cabeza! ¡La vida es un tránsito!

Fuso Negro.—¡Toupourroutóu!

Fuso Negro, *acautelado, aparece en la puerta. Tiene una expresión alobada aquella sombra que acecha desde el camino. La risa en baladro, y entre camisa y cuero oculta una mano que suena el oro portugués de la bolsa cismática.*

El Sacristán.—Escapa de ahí, Fuso Negro.

Fuso Negro.—Ahora escapo.

El Sacristán.—No te quiero a mi puerta.

Fuso Negro.—¿Me das a Ginera? Te la peso en monedas de oro.

La Sacristana.—¡Escapa, malvado! ¡No hagas escarnio de la muerte!

Fuso Negro.—¿Tienes chicharrones frescos?

La Sacristana.—¡Mira las luces del Santísimo! ¡Míralas acullá lejos, en el atrio, juntarse! ¡Oye la campana!

El Sacristán.—¡A morir me rebelo!

Blas de Míguez *salta de la yacija con los pelos espantados. Por ser calzo de un solo zueco, trenquea. Se le opone la mujer, con la pelambre de críos encadillada al ruedo de la camisa.*

La Sacristana.—Acuéstate, Blas.

El Sacristán.—A morir me rebelo. ¿Qué fue lo tratado? ¡Cierro un ojo no más! ¡Hay que ponerlo en claro! ¡Luces no quiero! ¡Las luces sean apagadas! ¡Apágalas, viento! ¡A morir me rebelo! ¡Las luces! No voy aunque la cera me llame. ¡Déjame que escape! ¡Aparta, puñela!

ESCENA CUARTA

La cama de LA PICHONA.—*Un silencio con suspiros y arrullos. Sobre sus gayos caballetes azules, cruje el tabanque del jergón.* CARA DE PLATA *y* LA PICHONA *están a falagare bajo el paraíso de una colcha portuguesa. ¡Toc! ¡Toc! ¡Toc! Rueda una piedra por el tejado. Apagan sus voces las bocas maridadas.*

PICHONA LA BISBISERA.—¡No escapes! ¡Bésame! ¡No caviles en tus duelos!

CARA DE PLATA.—¡Calla!

PICHONA LA BISBISERA.—¿Qué estás a escuchar?

CARA DE PLATA.—Calla.

PICHONA LA BISBISERA.—¿La andrómeda del viento en las tejas?

CARA DE PLATA.—No es el viento.

PICHONA LA BISBISERA.—¿Quién piensas tú que sea?

CARA DE PLATA.—El trasgo con los zuecos.

PICHONA LA BISBISERA.—¡Tesorín, no me asustes, que todo me lo creo! ¡Bésame! ¡No escapes con la boca! ¡Bésame!

Los zuecos del trasgo quiebran las tejas. La risa estruenda por la negra bocana del humo, y la acompasa cascabe-

leño el serpentón de la gramallera. Se esparce la ceniza, bailan las trébedes.

LA VOZ DE LA CHIMENEA.—¡Toupourroutóu!

PICHONA LA BISBISERA.—¿Será el que anuncias, mi dueño?

CARA DE PLATA.—Seguramente.

LA VOZ DE LA CHIMENEA.—¿Qué cabrón te ocupa la cama, Pichona?

CARA DE PLATA.—Baja, Perico, que nos conocemos.

PICHONA LA BISBISERA.—Como le incites, tenemos leria. ¡Abrázame, tesorín!

LA VOZ DE LA CHIMENEA.—Echa de la cama a ese galicoso, Pichona.

PICHONA LA BISBISERA.—¡Arreniégote!

LA VOZ DE LA CHIMENEA.—Tengo para ti un bolso de amarillas redondas. ¡Óyelas cómo suenan!

PICHONA LA BISBISERA.—Sonar de tramoya.

LA VOZ DE LA CHIMENEA.—¡Alegría, alegrote, el rabo del puerco a bailar en el pote! ¿Pichona, quieres que te caliente las piernas? ¡Entre pecado y pecado, una empanada de lamprea!

CARA DE PLATA.—Y vino del Ribero.

LA VOZ DE LA CHIMENEA.—Eres entendido, cabrón.

PICHONA LA BISBISERA.—Fuso Negro, como salga que lo eres, te descuerno. ¡No me quiebres las tejas, malvado!

LA VOZ DE LA CHIMENEA.—¡Toupourroutóu! Este bolso es para ti, puta de caballeros. ¡Óyelo cantar!

PICHONA LA BISBISERA.—Canto de fingimiento.

CARA DE PLATA.—Perico, ese bolso lo hallaste en un camino.

LA VOZ DE LA CHIMENEA.—¡Tú ves el ojo del gato bajo del rabo!

CARA DE PLATA.—Soy de tu Arte.

PICHONA LA BISBISERA.—¡Fúndete Demo!

LA VOZ DE LA CHIMENEA.—¡Toupourroutóu! ¡Con este tesoro soy más que el Papa!

CARA DE PLATA.—Tanto.

LA VOZ DE LA CHIMENEA.—Puedo dormir en el convento con las benditas monjas y fornicarlas de siete en siete.

CARA DE PLATA.—¡Puedes!

LA VOZ DE LA CHIMENEA.—¡Sabes Teología!

CARA DE PLATA.—¿No estabas para casar, Perico?

LA VOZ DE LA CHIMENEA.—¡Toupourroutóu! ¡Cuatro cuernos llevo en el bonete! ¡Cabra negra, si nos concertamos, te pongo un candado de fierro!

CARA DE PLATA.—¿Quién te burló la moza, Perico?

LA VOZ DE LA CHIMENEA.—Un gallo turqués que se metió por medio.

CARA DE PLATA.—¿Cómo no lo espantaste?

LA VOZ DE LA CHIMENEA.—Bajó revestido de negra centella.

CARA DE PLATA.—¿Y tu ciencia, Perico?

LA VOZ DE LA CHIMENEA.—Para el Diablo Mayor no hay ciencia. ¡Toupourroutóu! ¡Qué luna clara! ¡Sube, Pichona, y echamos un baile!

PICHONA LA BISBISERA.—Me falta el unto para los sobacos.

LA VOZ DE LA CHIMENEA.—Date cuspe en las perillas. Pichoneta, sube y echamos un baile a la luna. ¡Toupourroutóu! ¡Sube, camisa escandrillada!

PICHONA LA BISBISERA.—¡Gran castrón, no traes mala tema!

LA VOZ DE LA CHIMENEA.—¡Toupourroutóu! ¡En cirolas estoy para repenicar un fandango!

PICHONA LA BISBISERA.—¡Condenado antruejo!

LA VOZ DE LA CHIMENEA.—¡Toupourroutóu!

PICHONA LA BISBISERA.—¡Vas a hundirme la chimenea con tus gargalladas!

LA VOZ DE LA CHIMENEA.—¡Oye esta rula de oro cómo te reclama!

PICHONA LA BISBISERA.—Perico, llegas tarde.

LA VOZ DE LA CHIMENEA.—¡Echa de la cama a ese puto!

PICHONA LA BISBISERA.—Es un rey.

LA VOZ DE LA CHIMENEA.—Córtale la cabeza.

PICHONA LA BISBISERA.—Me tiene ligada.

LA VOZ DE LA CHIMENEA.—Si en la cama te meas, quiebras el lazo.

PICHONA LA BISBISERA.—¡Qué doctrina apañada!

CARA DE PLATA.—¡Perico, esa bolsa no es tuya!

LA VOZ DE LA CHIMENEA.—¿Quién lo declara?

CARA DE PLATA.—Esa bolsa te la descubrió la luna.

LA VOZ DE LA CHIMENEA.—¡Mentira podre!

CARA DE PLATA.—La alzaste de un camino.

LA VOZ DE LA CHIMENEA.—Sacas ese invento para disputármela.

CARA DE PLATA.—Anochecido pasabas por la Quintana de San Clemente.

LA VOZ DE LA CHIMENEA.—¿Quién eres tú, que tanto sabes?

PICHONA LA BISBISERA.—Vuelve la bolsa a su dueño, Perico.

CARA DE PLATA.—Su dueño no la quiere.

LA VOZ DE LA CHIMENEA.—¡Centellón! ¿A quién tienes en la cama, Pichona?

CARA DE PLATA.—Baja, si quieres conocerme.

LA VOZ DE LA CHIMENEA.—Aún me rasco una nalga chamuscada. En el lóstrego de la pólvora reconocí el bonete oculto a la espera. Trabuco apuntado.

CARA DE PLATA.—¡Baja, Perico!

LA VOZ DE LA CHIMENEA.—No bajo. Ya me pasó la muerte por delante en la Quintana. Al fogonazo de la pólvora he visto los cuatro cuernos y la cara de sangre.

CARA DE PLATA.—¿Y era mi cara?

LA VOZ DE LA CHIMENEA.—¡Toupourroutóu! Señor Abade, no haga más las coscas a esa cabra negra. ¡Vístase los hábitos!

CARA DE PLATA.—¡Perico, la yerras!

FUSO NEGRO.—¡Toupourroutóu! ¡Bien veo los cuernos del bonete! El girasol de su solana, un gallo turqués está a piteirarlo. ¡Toupourroutóu! ¡Oiga el grito que pasa la noche! ¡Ya el virgo de la sobrina se lo llevó el ladrón Vinculero!

CARA DE PLATA.—¡Qué espanto me traes, negra centella!

FUSO NEGRO.—Desnuda, en cabellos, da voces y se cubre los pechos, en una cueva de Lantañón. ¡El gallo turqués está a piteirar sobre la pita blanca!

CARA DE PLATA.—¿Qué negra luz me alumbras? ¡Es mi padre el ladrón que me roba!

LA VOZ DE LA CHIMENEA.—¡Centellón! ¿Pues tú quién eres?

CARA DE PLATA.—¡Satanás me ampare!

CARA DE PLATA, *con sorda brama, los ojos en lumbre, airado y frenético, del tajo hogareño arranca el hacha. Armado con ella revuelve el brazo, hunde la puerta, se lanza a la noche estrellada.*

PICHONA LA BISBISERA.—¿Qué negra idea te gobierna? ¡Espera! ¡Detente! ¡No dejes mis brazos rebelde a tu padre! ¡Quédate mío y te serviré toda la vida! ¡Seré tu esclava! ¡No renueves mi sino enlutado! ¡Yo soy aquella de la vida airada por quien mató a su padre Benitiño el

Penitenciado! De tu misma furia revestido, escapó de mis brazos. ¡Detente, adorado! ¡Quedo rezándote!

VOZ DE RUADA:

«Noite noitiña de meigas o trasnos
Fun á ó muiño d'o meu compadre;
Fun pol'o vento, vin pol'o aire.»

ESCENA ÚLTIMA

El atrio del Pazo, fragante de limoneros. Arcos con luna, y el ciprés inmóvil y negro al pie de la escalera. Cruza, cargada de remordimientos, la sombra del CABALLERO. *Le sigue el bufón patizambo, con la bufonería de resaltar su cojera.*

DON GALÁN.—¡Jujú! ¡Viejo enamorado, corazón enlutado!

EL CABALLERO.—¡Calla, imbécil!

DON GALÁN.—¡Sentencia de sabios!

EL CABALLERO.—¡Sentencia de bellacos!

DON GALÁN.—A los cuerpos viejos les cumple estar a buenas con San Pedro.

EL CABALLERO.—Don Galán, tentado estoy de hacerme ermitaño.

DON GALÁN.—Por ese camino también le llevo la alforja.

EL CABALLERO.—Los santos no tienen criados.

DON GALÁN.—Seremos iguales.

EL CABALLERO.—Tú no puedes ser santo.

DON GALÁN.—¡En la mesa celeste tanto es Blas como Bonifás!

EL CABALLERO.—Don Galán, para ser santo se pasa

por el Infierno. Como no has sabido ser un pecador, tampoco sabrías ser un santo. ¡Yo, sí!

DON GALÁN.—¡Por descontado!

EL CABALLERO.—¿Pero vale la pena de arrepentirse y hacerse santo tan a deshora, cuando tan pocas ocasiones de pecar pueden brindarme Mundo, Demonio y Carne? ¡Si me hubiera acordado hace treinta años! Ahora parece un escrúpulo de fariseo. ¡No vale la pena! ¡Morderé esta noche el racimo! Don Galán, tú no entiendes una palabra.

DON GALÁN.—¡Las bastantes!

EL CABALLERO.—¡No hay en toda mi vida un naipe tan negro como el que ahora levanto!

DON GALÁN.—¡Negro como un carbón!

EL CABALLERO.—¡Abominable!

Confuso son de pasos y preces. Tres viejas, como tres curujas, con farolillos y manteos, se encogen y acechan entrando por bajo el arco. En San Clemente de Lantañón, litúrgicos dobles de una campana. Lejanas luces.

VOZ DE VIEJA.—¡Ave María! ¡Toma la luna, toma el Señor Mayorazgo! ¡Bien la luna se lo premia! Desde aquí parece un apóstol vestido de plata.

EL CABALLERO.—¿Qué camino hacéis?

VOZ DE VIEJA.—Acompañamos el Santo Viático.

EL CABALLERO.—¡El bonete me provoca con un sacrilegio! ¡Don Galán, suelta los perros y dame la escopeta!

DON GALÁN.—¡Mi amo, no se remonte sobre las alas de Satanás!

El galope de un caballo. Demudado y frenético, rompe en el atrio CARA DE PLATA. *Divino de luna el yelmo de sus cabellos, y el hacha en el brazo desnudo, negra centella.*

CARA DE PLATA.—¡Padre, vengo a matarle!

EL CABALLERO.—¡Bandido, no te detengas! ¡Descarga el brazo y ábreme el Infierno!

CARA DE PLATA.—¿Dónde está Isabel?

EL CABALLERO.—Bajo esta llave.

CARA DE PLATA.—¡Isabel es mía!

EL CABALLERO.—¿Cuándo la enamoraste?

CARA DE PLATA.—¡Padre, no abrave mi rabia!

EL CABALLERO.—Rapaz, a tus años sobran amores. Si una mujer no te quiso, hay cien que están esperándote. Todas las horas nacen mujeres a miles, y padre no hay más que uno.

CARA DE PLATA.—¡Amor de mujer tampoco!

EL CABALLERO.—Las mujeres cuando no se mueren, se hacen viejas. ¡Mal hijo, ciego de engaños y sueños, mira esas luces que se acercan! ¿Ves esa punta de alcahuetas con mantos y farolillos? El Santísimo Sacramento viene a visitarme con el cortejo que por mis pecados merezco. No seas tú menos que el verdugo y espera a que confiese y comulgue el reo de muerte. Voy a darte un buen ejemplo.

Lenta procesión de luces y manteos entraba por el rudo arco flanqueado con escudos y cadenas. Bajo palio, viene el sacrílego ABAD DE SAN CLEMENTE. *La capa de paños de oro, cuatro cuernos el bonete, y en las manos, como garras negras, la copa de plata con el pan del Sacramento.*

EL CABALLERO.—¡Alto las luces!

EL ABAD.—¡Montenegro, la Iglesia te pide paso con el Cuerpo de Cristo!

EL CABALLERO.—¿Quién hace la mueca?

EL ABAD.—¡Blas de Míguez!

EL CABALLERO.—¡Que se lo lleve el Diablo! ¡Adivino tu tramoya, mal ordenado!

EL ABAD.—¡Faraón, humilla tu orgullosa cabeza ante el Rey de Reyes!

VOCES DE VIEJAS.—¡Montenegro! ¡Negro de alma! ¡Negro de pecados! ¡Negro de las calderas del Infierno!

DON JUAN MANUEL, *con dos perros como leones cogidos por los collares, descendía por la gran escalera de piedra. Camina por entre las luces en tenebroso silencio. Bajo el palio, levanta la copa de plata el* ABAD *de San Clemente.* EL CABALLERO, *adusto, burlón, enigmático, hinca la rodilla en tierra y hace arrodillar a sus perros.*

EL CABALLERO.—¡Sacrílego Abad! ¿Qué vas buscando?

EL ABAD.—A un pecador en trance de muerte.

EL CABALLERO.—¡Aquí le tienes! En el arte de mal vivir un maestro, y el hacha del verdugo suspendida sobre la cabeza. Este malvado que tengo por hijo, medita mi muerte, y para absolverme de mis pecados, caído del cielo vienes, bonete. Públicamente mis culpas confieso. Soy el peor de los hombres. Ninguno más llevado de naipes, de vino y mujeres. Satanás ha sido siempre mi patrono. No puedo despojarme de vicios. Me abraso en ellos. Nunca reconocí ley ajena para mi gobierno. Saliendo a mozo, maté a un jugador por disputa de juego. Violenté la voluntad de una hermana para hacerla monja. A mi mujer la afrenté con cien mujeres. ¡Este he sido! ¡Cambiar no espero! De milagros y santos arrepentidos pasaron ya los tiempos. ¡Dame la absolución, bonete!

EL ABAD.—¡Arrédrate, blasfemo!

EL CABALLERO.—¡Sacrílego!

CONFUSIÓN DE VOCES.—¡Montenegro! ¡Negro con Pauliña! ¡Negro excomulgado!

Restalla una honda. Rebota en el muro de la Torre una piedra. Vuela una lechuza del ángaro. EL CABALLERO *se pone en pie, con resolución soberbia, y arranca el copón al clérigo.*

EL CABALLERO.—¡Atrás!

VOCES DE VIEJAS.—¡Cristo! ¡Cristo! ¡Cristo! ¡Santísimo Cristo azotado! ¡Ciérrate, noche! ¡Cubre este espanto!

EL CABALLERO.—¡Cara de Plata, échale encima el caballo a esa punta de alcahuetas!

CARA DE PLATA.—¡Dónde está el rayo que a todos nos abrase!

CARA DE PLATA *sale por el arco recobrando las riendas, tendido sobre la crin del caballo espantado. Capuces y luces del piadoso cortejo retroceden. Voces agorinas. Sombras huideras. Pánico sagrado.* EL CABALLERO *con la copa de plata en la mano se sienta en la escalera.*

EL CABALLERO.—¡Tengo miedo de ser el Diablo!

GLOSARIO

¡A cuarto rabelo!: Y también: *¡A cartiño rabelo!* (Galleg.): A cuarto la suerte. El *cuarto* es una «moneda de cobre española, del antiguo sistema, cuyo valor era el de cuatro maravedís de vellón» *(DRAE)*.

Absalón: Tercer hijo del rey David. Dio muerte a su hermanastro, Amnón, y encabezó una insurrección contra el padre. Derrotado, en su huida quedó atrapado al engancharse su larga y hermosa cabellera en la rama de una encina, circunstancia que aprovechó Joab para matarle *(Samuel,* II, caps. XIII-XVIII). Calderón de la Barca dramatizó estos hechos en una espléndida tragedia: *Los cabellos de Absalón*.

adarve: muro de una fortaleza *(DRAE)*.

agarima: De *agarimar* (Galleg.): Cuando es verbo pronominal, significa «resguarecerse, ponerse en un lugar a salvo de las inclemencias del tiempo» *(Dicc. Norm. Gal.-Cast.)*.

agorinas: Neologismo inventado por Valle-Inclán, con el sentido de *agoreras*. Sobre su construcción y otros usos, véase Ruiz Fernández (1981), pág. 267.

albures: *albur:* En el juego del monte, las dos primeras cartas que saca el banquero *(DRAE)*.

almagres: *almagre:* óxido rojo de hierro, más o menos arcilloso, abundante en la naturaleza, que suele emplearse en la pintura. Adj., que tiene el color o el tono de almagre *(DRAE)*.

alumbrado: 4. fam., Achispado *(DRAE)*.

adrómeda: Véase *andrómena*. En *Águila de Blasón*, Valle escribe *andrómena*. Pero aquí no usa ni el galleguismo ni la voz castellana *(andrómina)*, sino el nombre del personaje mitológico que al parecer dio origen a ésta.

andrómena (Galleg.): Embuste o invención fantástica con que se pretende engañar a alguien o desviar su atención de un asunto *(Dicc. Norm. Gal.-Cast.)*.

ángaro: *almenara:* Fuego que se hacía en las atalayas o torres, no sólo en la costa del mar, sino tierra adentro, para dar aviso de alguna cosa, como de acercarse embarcaciones o tropas enemigas. 2. Candelero sobre el cual se ponían candiles de muchas mechas para alumbrar todo el aposento *(DRAE)*.

arambol: Balaustrada de una escalera *(DRAE)*.

Arcas de Bradomín: Un marquesado, el apellido de un abad, el nombre de una Virgen, el de una aldea... A todas estas significaciones que llega a tener la palabra *Bradomín* —una palabra inventada, a partir del topónimo real de Bradomil—, hay que añadir estas Arcas de Bradomín, escenario inicial de *Cara de Plata* y de las *Comedias Bárbaras*. Leo *arcas* en el sentido gallego de «dolmen, túmulo, enterramiento prehistórico, formado por piedras y cubierto de tierra» *(Dicc. Norm. Gal.-Cast.)*.

arraposado (Galleg.): «Adj. Zorro, dícese de la persona que habla, mira u obra recelosamente, con precaución y cautela» *(Dicc. Norm. Gal.-Cast.)*.

arrenegado: Véase *arreniégote*.

arreniégote (Galleg.): Exorcismo. De *arrenegar:* «Renegar, negar con insistencia (...). Conjurar, conminar a un espíritu maligno a que se aleje» *(Dicc. Norm. Gal.-Cast.)*.

aturujos: De *aturuxo* (Galleg.): Grito de júbilo que lanzan los mozos en las fiestas acompañando las canciones *(Dicc. Norm. Gal.-Cast.)*.

baladro: Grito, alarido o voz espantosa *(DRAE)*.

basculada: Dentro de los neologismos formales valle-inclanianos, Ruiz Fernández (1981) pone varios ejemplos de derivación nominal y adjetiva, entre ellos estos tres con el sufijo *-ada: Basculada, cohetada, silbatadas* (pág. 269). Partiendo del verbo, el neologismo podría tener sentido, ya que *bascular* significa «moverse un cuerpo de un lado a otro girando sobre un eje vertical» y también «oscilar un cuerpo sobre un eje horizontal» *(DRAE)*. Antón Risco, en su edición, lo considera derivado del francés *bousculade:* atropello, empujón, bullicio, tropel.

bastes: *baste:* Cada una de las almohadillas que lleva la silla de montar o la albarda en su parte inferior, para evitar rozaduras y molestias a la caballería *(DRAE)*.

bigardona, bigardotes: *bigardo:* En su segunda acepción, «vago, holgazán» *(DRAE)*.

biribís: O *bisbís:* «Juego que se hace en un tablero o lienzo dividido en casillas con números y figuras, en cada una de las cuales colocan los jugadores las puestas que quieren. Sacado a la suerte el número de una de aquellas, el banquero paga al jugador favorecido su puesta multiplicada, y los demás pierden las suyas» *(DRAE)*.

blanquillo: «5 m. En el juego del tresillo el triunfo que no se estuche ni figura» *(DRAE)*. En el texto se trata del juego del monte.

boliche: «9. *And., Argent., Par.* y *Urug.* Establecimiento comercial o industrial de poca importancia, especialmente el que se dedica a despacho y consumo de bebidas y comestibles.» En Argentina es también, por extensión, «bar, discoteca» *(DRAE)*.

borra: En su octava acepción, «hez o sedimento espeso que forman la tinta, el aceite, etc.» *(DRAE)*. Aquí, el vino; y va dicho metafóricamente.

Bradomín: Véase. *Arcas de Bradomín.*

burata (Galleg.): Hoyo, cueva, fosa.

burlote: Entre jugadores, el monte o partida más pequeña que alguno de ellos pone, acabada por cualquier motivo la primera *(DRAE)*.

buratiña: Véase *burata.*

cadelo (Galleg.): Perro pequeño.

cadmios: *cadmio:* «m. Metal de color blanco algo azulado, brillante y muy parecido al estaño, dúctil y maleable» *(DRAE)*.

cadriles: *cadril.* Cada uno de los huesos de la cadera (pl. *cadrís) (Dicc. Norm. Gal.-Cast.).*

cativo-a (Galleg.): Adj. Pequeño, de escaso tamaño o edad. Miserable, de mala calidad. Cautivo, prisionero.

cirolas (Galleg.): Zarigüellas, calzoncillos largos *(Dicc. Norm. Gal.-Cast.)*

corambre: Odre.

Corrientes, Diego: Cuatrero andaluz, y auténtico héroe mítico popular, del siglo XVIII. Nació en Utrera, en 1757, y entre los veinte y veinticuatro años tuvo en jaque a la Justicia española y portuguesa. Era un joven del campo, ignorante, sin ninguna clase de estudios, pero su intuición y su valentía le llevaron a protagonizar lances en verdad llamativos —como su fuga de la cárcel, en Portugal—. Era un bandido del que se decía que quitaba a los ricos para dar a los pobres. Nunca se le pudo acusar de haber matado a nadie. En 1781, se le arrestó por la traición de una de sus queridas y de un amigo. Sufrió garrote vil, y su cuerpo fue descuartizado y los despojos fueron expuestos en los caminos. Se hizo famosa la copla que en seguida proyectaría su leyenda: «Veinticinco calabozos / tiene la cárcel de Utrera, / veinticuatro llevo andados, / el más oscuro me queda.»

cortadillo: «2. Vaso pequeño para beber, tan ancho de arriba como de abajo. 3. Medida casera para líquidos, que equivale a una copa poco más o menos» *(DRAE).*

coscas: Cosquillas *(DRAE).*

Cures y Tras-Cures: De los varios Cures de la provincia de La Coruña, Smither (1986) cree que Valle-Inclán piensa en el más cercano a Puebla de Caramiñal: San Andrés de Cures (pág. 88).

curuja (Galleg.): Lechuza. Aunque en castellano existe la voz *coruja,* da la impresión de que Valle-Inclán está trasladando del gallego *curuxa.*

cuspe (Galleg.): Saliva.

charamuscas: *charamusca:* Voz onomatopéyica. En Galicia, chispa que salta del fuego de leña *(DRAE).*

El Ciprianillo: Nombre con que se conoce popularmente *El Libro* *de San Cipriano* (y también *El Libro de San Cidrán).* Se trata de un famoso grimorio, que contiene oraciones y prescripciones muy diversas: para encontrar tesoros ocultos, para liberarse de los malos espíritus o para adivinar el futuro, pasando por recetas y encantamientos eróticos, remedios caseros, etc. Hay edición de 1978.

el inglés de los Evangelios: Posible alusión a Georges Borrow, autor de *La Biblia en España,* que en traducción de Manuel Azaña se publicó en 1921 (Madrid, Jiménez Fraud Editor) y que Valle conoció, sin duda. La primera edición en inglés apareció en Londres, John Murray, 1843. Las palabras del Viejo de Cures son lo bastante vagas como para no caer en la ingenua tentación de fechar, ni siquiera aproximadamente, la acción dramática.

El Maragato: Los habitantes de la Maragatería, en León, tenían como principal ocupación la arriería.

El zamorano: Eran famosas las mantas de Zamora, junto a las de Palencia y Béjar.

encadilla, encadillada (Galleg.): Encadillar: entrenzar, hacer trenzas o cadillos *(Dicc. Norm. Gal.-Cast.).*

escachiza (Galleg.): Despedazar, romper en pedazos.

escandrillada: *escadrillado* (Galleg.): Enfermo de los *cadrís* (caderas). Persona que no puede andar derecha; desnivelado. En la expresión metafórica de Fuso Negro, parece llevar un sentido lúbrico.

escorréntalo: *escorrentar* (Galleg.): Ahuyentar, hacer huir a personas o animales, espantar.

escuras, a las: *ás escuras:* Galleg. loc. adv. A oscuras, sin luz, con poca claridad *(Dicc. Norm. Gal.-Cast.).*

espolique: Mozo que camina a pie delante de la caballería en que va su amo *(DRAE).*

fachizo (Galleg.): Escoba hecha con ramas que se utiliza para barrer las cubas *(Dicc. Norm. Gal.-Cast.)*

falagare: *Falagar* (Galleg.): ant., halagar, demostrar cariño, lisonjear, adular. —*Falagarse:* ant., alegrarse, regocijarse, complacerse. Se dice aquí con obvio sentido erótico.

fayado: En Galicia, desván que por lo común no es habitable *(DRAE).*

ferrado: Medida de capacidad para áridos que varía entre 11,5 y 18 kilogramos según las zonas. Medida de superficie que aquí vale de cuatro a seis áreas.

foliadas (Galleg.): Reunión para cantar y bailar en la que suele tocarse una pandereta *(Dicc. Norm. Gal.-Cast.)*.

fulvo, -a: Adj. amarillo tostado.

furricallo (Galleg.): Andrajo, trozo de tela viejo o sucio *(Dicc. Norm. Gal.-Cast.)*. Va dicho metafóricamente.

galicoso: De *gálico*. En su tercera acepción, morbo gálico, sífilis *(DRAE)*.

gallos: «3. En el juego del monte, las dos cartas que echa el banquero y se colocan por debajo del albur» *(DRAE)*.

gargalladas: *Gargallada* (Galleg.): risotada, risa prolongada y ruidosa *(Dicc. Norm. Gal.-Cast.)*.

gayos: *Gayo:* adj., alegre, vistoso *(DRAE)*.

gramallera: De *gramalleira* (Galleg.): «Caramilleras, cadena o pieza de hierro dentada que cuelga de una viga para suspender potes o calderas sobre el fuego en la *lareira*» *(Dicc. Norm. Gal.-Cast.)*.

halduda: Falduda.

hirmandiños: La primera revuelta de los hirmandiños se produjo en 1429, en las tierras de Nuño Freire de Andrade. La segunda, mucho más amplia y generalizada por toda Galicia, se desarrolló entre 1467 y 1469. La Hermandad (de ahí el nombre de *hirmandiños;* en la ortografía actual, *irmandiños)* estaba integrada, sobre todo, por gente del pueblo llano; también por burgueses, por parte del clero e incluso por algunos hidalgos segundones. Los estudiosos discuten aún sobre los propósitos finales de este levantamiento. Algunos creen que sólo se quería destruir las bandas de forajidos que actuaban para la nobleza, y restaurar una legalidad común a nobles y vasallos. Otros creen ver el embrión de una revolución popular, de corte moderno. Libro de consulta, ya «clásico», es el de Consuelo Bouzas, *La Guerra Hirmandiña, siglo XV,* Santiago, 1926.

ijada: «Cualquiera de las dos cavidades simétricamente situadas entre las costillas falsas y los huesos de las caderas. 2, Dolor o mal que se padece en aquella parte» *(DRAE)*.

inda (Galleg.): Adv., aún, todavía.

jalmas: *jalma:* aparejo de una caballería *(DRAE).*

jamugas: «Silla de montar, con patas curvas y correones para apoyar la espalda y brazos, que se coloca sobre el aparejo de las caballerías para montar cómodamente a mujeriegas» *(DRAE).*

jaretas: *jareta:* «Dobladillo que se hace en la ropa para introducir una cinta, un cordón o una goma, y sirve para fruncir la tela» *(DRAE).*

judías: «4. En el juego del monte, cualquier naipe de figura» *(DRAE).*

karma: Esta palabra expresa uno de los principios fundamentales del pensamiento de Buda. La Ley del Karma nos enseña que todas las cosas —materiales o espirituales— son consecuencia y a la vez causa de algo. La ética budista encuentra aquí un punto angular: de acuerdo con el Karma, el bien genera el bien, y el mal genera el mal. Speratti-Piñero (1974) señala que el concepto de Karma es lo único que toma Valle-Inclán, verdaderamente, del misticismo oriental (pág. 168). Sin embargo, es curioso que, en las varias ocasiones en que utiliza esta palabra, lo hace confiriéndole un significado que no concuerda del todo con ella. Antón Risco advierte ante este pasaje de *Cara de Plata* (II, 4.ª) que el autor hace de ella un uso arbitrario: quizá «como memoria colectiva», quizá «como presencia espiritual (fantasmal)», quizá como «evocación». He consultado *La doctrina secreta,* de H. P. Blavatsky, cuya traducción española apareció a finales del XIX y comienzos del XX, y que Valle tuvo que conocer. En el vol. I (Madrid, 1895, págs. 598-610), la autora traza una bella exégesis de la Ley del Karma, pero no veo un reflejo claro en Valle-Inclán. Es posible que éste quisiera dar a la palabra, sin más, un sentido propio: mezcla de misterio y de conciencia universal.

Lantaño: Topónimo real. «Corresponde a un pueblo y parroquia de San Pedro en el Salnés, en la margen izquierda del río Umia, a unos 6 km. al SO. de Caldas de Reyes» (Smither, 1986, pág. 97). Con respecto a la frase: «Ganados de Lantaño siempre tuvieron paso por Lantañón», escribe Smither: «El conflicto al que se refiere Pedro Abuin no carece de lógica topográfica en el mundo real. Ganado que se quisiera conducir, por ejemplo, de Lantaño a Villagarcía tendría que pasar primero por Lantañón y luego atravesar el puente sobre el Umia» *(Ibíd.,* pág. 98).

Lantañón: «El Lantañón real se encuentra fácilmente en la margen izquierda del río Umia, a unos 500 metros arriba del moderno puente de Bayón» (Smither, 1986, pág. 98).

leria (Galleg.): Cháchara, conversación informal. Verborrea, locuacidad insustancial *(Dicc. Norm. Gal.-Cast.).*

Limia: Se trata de la laguna de Limia o Antela.

lóstrego (Galleg.): Relámpago *(Dicc. Norm. Gal.-Cast.).*

luar (Galleg.): Luz clara de la luna, resplandor que produce este astro *(Dicc. Norm. Gal.-Cast.).*

luces curiales: *curial:* «Perteneciente a la curia y especialmente a la romana» *(DRAE).* En la intervención del Viejo de Cures, *luces curiales* significa el pensamiento de la Iglesia ante estos conflictos.

Lugar de Condes: Aunque el topónimo es real, no parece que se alude a una localidad concreta.

Lugar de Freyres: Es decir, lugar de Frailes. Topónimo inventado.

machacante: En su segunda acepción, fam. y ant., moneda de plata de cinco pesetas *(DRAE).*

Madanela: Magdalena.

mámoa (Galleg.): «Sepulcro megalítico (IV-III milenio a. C.) abundante en Galicia, que consta de una masa tumular que recubre una anta o dolmen y cuya planta, normalmente circular, mide entre 10 y 12 metros de diámetro, mientras que su altura no es nunca superior a los cinco metros» *(Dicc. Norm. Gal.-Cast.).*

mantelo (Galleg.): «Delantal, prenda de paño, generalmente negro, que se ciñe a la cintura por la espalda y cubre la parte delantera de medio cuerpo para abajo» *(Dicc. Norm. Gal.-Cast.).*

milenos: Es decir, milenarios. En otra ocasión, Valle-Inclán escribe «líquenes milenarios».

moro: «8, fig. y fam. Aplícase al vino que no está aguado, en contraposición al bautizado o aguado» *(DRAE).*

negro breviario: Parece alusión al Libro Negro o Misal *invertido* de que se habla en los tratados de demonología.

Nigrán: Pueblo situado al sur de Vigo.

noite noitiña de meigas...: En tres ocasiones aparecen canciones, directamente en gallego, en las *Comedias Bárbaras*. Está en el ambiente misterioso y premonitorio con que termina la escena penúltima de *Cara de Plata*, podría traducirse así: «Noche, nochecita, de brujas y trasgos, / fui al molino de mi compadre; / fui por el viento, vine por el aire.»

paisiño (Galleg.): Papaíto.

patín: Escalera exterior que da acceso al primer piso de la casa tradicional gallega *(Dicc. Norm. Gal.-Cast.)*.

Pauliña: O *Paulina:* Del nombre del papa Paulo III. Carta o despacho de excomunión.

pay (Galleg.): De *pai:* Padre.

pego (tira el pego): Dar o tirar el pego: «Ganar con baraja preparada para esta fullería» *(DRAE)*.

perillas (Galleg.): En pl., «barbas del gallo o de la gallina» *(Dicc. Norm. Gal.-Cast.)* Va en sentido figurado. Darse «cuspe en las perillas» y «unto en los sobacos» formaba parte de los preparativos de las brujas y los brujos en el «Sabbat».

pichel: Jarra alta, ordinariamente de estaño, de forma más ancha por la base que por la boca, que se utilizaba para quitar vino de los toneles y servirlo.

pilonga: *pilongo:* En su tercera acepción, el que es «extremadamente alto y flaco» *(DRAE)*.

pinga (Galleg.): Gota (...). Sorbo, pequeña cantidad de líquido, que se puede beber de una vez *(Dicc. Norm. Gal.-Cast.)*.

pinta (matar la pinta): *pinta:* «5. Carta que al comienzo de un juego de naipes, se descubre y que designa el palo de triunfos» *(DRAE); matar:* «5. En los juegos de cartas, echar una superior a la que ha jugado el contrario» *(DRAE)*.

piteirar (Galleg.): Picotear las aves. Aquí va dicho metafóricamente, como eufemismo de relación sexual.

pita (Galleg.): Gallina joven que empieza a poner huevos *(Dicc. Norm. Gal.-Cast.)*.

pues nos, allá vamos con ese concierto...: La musicalidad del lenguaje dramático de Valle-Inclán sorprende siempre. Nótese, por ejemplo, que esta intervención del Viejo de Curos está articulada, en realidad, en cinco versos de seis sílabas.

rabela: *Rabelo* (Galleg.): adj. Rabón, dícese del animal sin rabo o que lo tiene corto. Corto, escaso, que no tiene la extensión debida *(Dicc. Norm. Gal.-Cast.)*.

repelan: *repelar:* tirar del pelo o arrancarlo *(DRAE)*.

repenicar, repenicados (Galleg.): Repicar, repiquetear, tocar las campanas. Adornar, poner bonita una cosa *(Dicc. Norm. Gal.-Cast.)*.

resolio (Galleg.): Aguardiente dulce.

ruada (Galleg.): Fiesta y diversión popular nocturna con cantos, bailes y otras manifestaciones *(Dicc. Norm. Gal.-Cast.)*.

ruanos: *ruano, -a:* Adj., ant., Perteneciente o relativo a la calle *(DRAE)*.

rufos (Galleg.): Rufo: «Robusto, dícese de la persona fuerte, ágil y bien conservada» *(Dicc. Norm. Gal.-Cast.)*.

rula (Galleg.): Tórtola, paloma.

runfla: *runflar* (Cantabria): Resoplar *(DRAE)*.

sainero: De *saín:* Grasa animal.

saludadora: El sustantivo *saludador, -a,* encuentra en el *Diccionario* de la Real Academia una definición despectiva: «Embaucador que se dedica a curar o precaver la rabia u otros males, con el aliento, la saliva y ciertas deprecaciones y fórmulas.» Debe entenderse el término, sin más, como sinónimo de *curandero,* y aun de *brujo...* Sin olvidar los rasgos —con frecuencia, muy positivos— que ha tenido la presencia de saludadoras y saludadores en la Galicia rural.

San Martiño de Freyres: No existe San Martiño (San Martín) de Freyres. Smither (1986) ve como posibles modelos dos iglesias de San Martín: San Martín Sobrán y San Martiño Meis (pág. 114).

sangrarse: Sangrar es «abrir o punzar una vena y dejar salir determinada cantidad de sangre» *(DRAE)*. Sorprende que el Abad practique una costumbre medicinal tan arcaica. Lo hace utilizando sanguijuelas —«Baja a ponerme sanguijuelas», ordena a Blas (II, 3.ª)— y en los Pregones de la Feria se anuncian «sanguijuelas de la Limia» (II, 1.ª).

sanguijuelas de la Limia: Véase *sangrarse* y *Limia.*
Santolio: Santo óleo, extremaunción.
sartales: *Sartal:* sarta de cosas metidas en un hilo o cuerda *(DRAE).*
soleta (toma soleta): Andar aprisa o correr, huir *(DRAE).*
taco: «Cilindro de trapo, papel, estopa o cosa parecida, que se coloca entre la pólvora y el proyectil en algunas armas de fuego, para que el tiro salga con fuerza» *(DRAE).*
talabarte: «Pretina o cinturón, ordinariamente de cuero, que lleva pendientes los tiros de que cuelga la espada o el sable» *(DRAE).*
Tarquino: Lucio Tarquino *el Soberbio* (m. en 494 a. C.). Último rey de Roma, hijo de Lucio Tarquino Prisco y yerno de Servio Tulio, a quien mató y sucedió en el trono el año 534 a. C. Se le recuerda por su ejercicio arbitrario y despótico del poder.
Taveirós: Tabeirós. Pueblo situado a diez kilómetros de Caldas de Reyes.
tendales: *tendal:* Toldo, cubierta de tela para hacer sombra.
teto (tirarle del) (Galleg.): Teto: «Mama de la ubre de los mamíferos» *(Dicc. Norm. Gal.-Cast.).* Aquí, en sentido figurado: beber del pichel del aguardiente.
trasgo, trasno: Duende, espíritu enredador *(DRAE).* Con un matiz más demoniaco, es término muy habitual en las obras valleinclanianas de ambiente galaico, tanto en su forma castellana (trasgo) como gallega (trasno).
turqués: ant. Turco *(DRAE).*
Varillas de Mosén: Se alude a las Tablas de la Ley, de Moisés.
velarios: Neologismo inventado por Valle-Inclán, a partir de *velos.*
verduguillos: Aretes para las orejas.
Viana del Prior: Dentro de la toponimia inventada por Valle-Inclán, no cabe duda de que Viana del Prior tiene, además de una importancia enorme, una presencia recurrente. Viene a ser como un símbolo de la ciudad gallega. En cuanto a los modelos de la realidad, Smither (1986) distingue varios períodos. El modelo seguido en *Águila de blasón* y en *Romance de lobos* correspondería a Puebla del Deán/Caramiñal. En

Cara de Plata, si embargo, ciertos rasgos hacen pensar en un modelo muy anterior a aquel: el de Villagarcía (págs. 119-122).

Vilham, libro de: Libro de Vilham (al que en el texto también se llama «libro del Villano»), es decir, la baraja de naipes. Poco se sabe con certeza de Vilham, Vilhan o Briján —personaje cuasi legendario—, a quien se atribuye el haber traído los juegos de cartas a España. Esto aparte, notemos que la cartomancia tiene una significativa presencia en la literatura valleinclaniana (cfr. Speratti-Piñero, 1974, págs. 121-127).

Vinculero: Valle-Inclán utiliza indistintamente este término o el de Mayorazgo. Recuerda a este propósito María del Carmen Porrúa (1983) que el mayorazgo era una «institución vincular, de bienes sujetos a perpetuo dominio de una familia con prohibición de enajenar», y pasa a comentar la repugnancia que ya experimentaba Jovellanos frente a una institución tan arcaica (págs. 64 y sigs.).

vitelo (Galleg.): Ternero, cría de la vaca *(Dicc. Norm. Gal.-Cast.).*

ÚLTIMOS TÍTULOS PUBLICADOS EN COLECCIÓN AUSTRAL

Miguel de Unamuno
312. **Del sentimiento trágico de la vida**
Introducción de Pedro Cerezo-Galán

Carlos Bousoño
313. **Poesía (Antología: 1945-1993)**
Edición de Alejandro Duque Amusco

Giorgio Bassani
314. **El jardín de los Finzi-Contini**
Prólogo de Antonio Colinas
Traducción de Carlos Manzano

Antonio Buero Vallejo
315. **La detonación. Las palabras en la arena**
Introducción de Ricardo Doménech

Dulce María Loynaz
316. **Antología lírica**
Edición de María Asunción Mateo

William Shakespeare
317. **Romeo y Julieta**
Edición y traducción de Ángel-Luis Pujante

Giuseppe Tomasi di Lampedusa
318. **El Gatopardo**
Prólogo de Antonio Prieto
Traducción de Ricardo Pochtar

Ramón del Valle-Inclán
319. **Tirano Banderas**
Edición de Alonso Zamora Vicente

Eduardo Alonso
320. **Los jardines de Aranjuez**
Prólogo de Germán Gullón

Patricia Highsmith
321. **A merced del viento**
Prólogo de Lourdes Ortiz

Carlos Arniches
322. **El amigo Melquiades. La señorita de Trevélez**
Edición de Manuel Seco

Jean-François Revel
323. **El conocimiento inútil**
Prólogo de Javier Tusell

José Zorrilla
324. **Antología poética**
Edición de Ricardo de la Fuente Ballesteros

Agustín Moreto
325. **El lindo don Diego**
Edición de Víctor García Ruiz

V.V. A.A.
326. **Son cuentos. Antología del relato breve español: 1975-1993**
Edición de Fernando Valls

Gustave Flaubert
327. **Madame Bovary**
Edición y traducción de Juan Bravo Castillo

Ramón del Valle-Inclán
328. **Los Cruzados de la Causa**
Edición de Miguel L. Gil

Ramón del Valle-Inclán
329. **El resplandor de la hoguera**
Edición de Miguel L. Gil

Ramón del Valle-Inclán
330. **Gerifaltes de antaño**
Edición de Miguel L. Gil

Justo Jorge Padrón
331. **Resplandor del odio**
Prólogo de Dolores Romero

Augusto Roa Bastos
332. **Hijo de hombre**
Prólogo de Adriana J. Bergero

Dante Alighieri
333. **Divina Comedia**
Edición de Ángel Chiclana

Javier Marías
334. **El hombre sentimental**
Prólogo de Elide Pittarello

Antonio Gala
335. **Samarkanda. El Hotelito**
Introducción de Carmen Díaz Castañón

José Ortega y Gasset
336. **La rebelión de las masas**
Introducción de Julián Marías

Homero
337. **Ilíada**
Traducción de Luis Segalá y Estalella
Introducción de Javier de Hoz

Émile Zola
338. **Germinal**
Edición y traducción de Mauro Armiño

Ramón del Valle-Inclán
339. **Corte de Amor**
Edición de Joaquín del Valle-Inclán

José A. Vallejo-Nágera/José L. Olaizola
340. **La puerta de la esperanza**
Prólogo de Juan Ignacio Vallejo-Nágera

José Ortega y Gasset
341. **¿Qué es filosofía?**
Introducción de Ignacio Sánchez Cámara

Ramón del Valle-Inclán
342. **Cara de Plata**
Edición de Ricardo Doménech

Ramón del Valle-Inclán
343. **Águila de Blasón**
Edición de Ricardo Doménech

Ramón del Valle-Inclán
344. **Romance de Lobos**
Edición de Ricardo Doménech

Andrés Berlanga
345. **La Gaznápira**
Prólogo de Manuel Seco

Plauto
346. **Anfitrión. La comedia de los asnos. La comedia de la olla**
Traducción de José M.ª Guinot Galán
Edición de Gregorio Hinojo

Bertrand Russell
347. **Historia de la Filosofía Occidental**
348. Prólogo de Jesús Mosterín

Gonzalo Torrente Ballester
349. **Crónica del Rey pasmado**
Prólogo de Santiago Castelo

William Shakespeare
350. **Hamlet**
Edición y traducción de Ángel-Luis Pujante

Juan Benet
351. **El aire de un crimen**
Prólogo de Félix de Azúa

Carlos Gurméndez
352. **La melancolía**
Prólogo de Javier Muguerza

Molière
353. **El Tartufo**
Edición y traducción de Mauro Armiño

Publio Ovidio Nasón
354. **Metamorfosis**
Introducción de José Antonio Enríquez
Traducción y notas de Ely Leonetti Jungl

Antonio Gala
355. **Los verdes campos del Edén. Los buenos días perdidos**
Introducción de Phylis Zatlin

Amando de Miguel
356. **La perversión del lenguaje**

Antonio Gala
357. **Los bellos durmientes**
Prólogo de Isabel Martínez Moreno

Miguel Delibes
358. **Castilla, lo castellano y los castellanos**
Prólogo de Emilio Alarcos

Lope de Vega
359. **Fuente Ovejuna**
Edición de Rinaldo Froldi

Honoré de Balzac
360. **Eugéne Grandet**
Traducción y edición de Ana M.ª Platas Tasende

Václav Havel
361. **Discursos políticos**
Prólogo de Javier Tusell

Ramón del Valle-Inclán
362. **Claves líricas**
Edición de José Servera Baño

Leopoldo Alas «Clarín»
363. **La Regenta**
Edición de Mariano Baquero Goyanes

Antonio Buero Vallejo
364. **Las trampas del azar**
Prólogo de Virtudes Serrano

Mariano José de Larra
365. **El doncel de don Enrique el Doliente**
Edición de M.ª Paz Yáñez

E. M. Forster
366. **Una habitación con vistas**
Traducción de Marta Passarrodona
Prólogo de Encarna Castejón

Evelyn Waugh
367. **Un puñado de polvo**
Traducción de Carlos Manzano
Prólogo de Eduardo Chamorro

Ramón del Valle-Inclán
368. **La Lámpara Maravillosa**
Edición de Francisco Javier Blasco Pascual

Isaiah Berlin
369. **Antología de ensayos**
Edición de Joaquín Abellán

William Shakespeare
370. **Macbeth**
Edición y traducción de Ángel-Luis Pujante

J. J. Armas Marcelo
371. **Las naves quemadas**
Prólogo de Rafael Conte

Ramón del Valle-Inclán
372. **Femeninas. Epitalamio**
Introducción de Antonio de Zubiaurre

Antonio Muñoz Molina
373. **Nada del otro mundo**
Prólogo de Andrés Soria Olmedo

Blaise Pascal
374. **Pensamientos**
Introducción de Gabriel Albiac

Ramón del Valle-Inclán
375. **Flor de santidad. La media noche**
Edición de Arcadio López-Casanova

Leopoldo Alas, *Clarín*
376. **Treinta relatos**
Selección y edición de Carolyn Richmond